U0055067

原來幸福也流淚

大陸微型小說女作家精品選

凌鼎年·編

代序　大陸，有一支微型小說女作家隊伍

凌鼎年

在大陸的微型小說作家中，我除了堅持創作外，還做一些微型小說的資料收集與研究，撰寫過若干篇關於微型小說的論文，以促進海內外微型小說的雙向交流。

我比較關注微型小說作家隊伍的成長、發展，可能因為我在涉外部門工作，接觸、瞭解的海外作家相對多些，我會自覺不自覺地做些比較。記得一九九九年時，我撰寫了一篇〈海峽兩岸的微型小說女作家〉，根據我對臺灣極短篇小說女作家與作品的瞭解，與大陸的微型小說女作家與作品進行了一番比較。我把我當時所知道的大陸微型小說女作家女作者，哪怕連只發表過一兩篇的也算上了，也沒超過四十位，真正較為活躍，發表作品多點的僅周仁聰、湯紅玲、徐慧芬、馬月霞、徐平、郭昕、高虹、張子影、何蔚萍、劉春瑩、中永霞、李進、謝惠蓮等不多幾個，這與臺灣極短篇小說作家以女性作家為主形成鮮明對照。中國文壇一直在驚呼：陰盛陽

衰，但在微型小說文壇卻絕無一點此種現象，令人百思不得其解。照理，微型小說這種短小精悍的文體似乎應該更適合女性寫作才對呀，看來有些事用常規思維理解難以解釋。

進入二十一世紀，大陸微型小說文壇的變化之一就是女性作家的迅速增多與崛起。我平時有個習慣，看到微型小說作家的通訊地址就隨手記下來，已積了上千個地址了，如果是女作者，我會特意注明，如果是中國作協會員或省級作協會員，我也會用☆或△來註明。前幾年，就這麼幾個女作家我隨口就能報上名來，這幾年多了，我就單獨做了卡片，竟也積了一百多位，儘管裏面有一部分是偶然發表一兩篇，並沒有全身心投入到微型小說創作中去，但一個不爭的事實是，與上世紀九十年代時相比，微型小說文壇男性作家一統天下的格局已發生了微妙的變化，可以這樣說：大陸微型小說女作家群已在迅速崛起、發展，形成了一支頗有實力的創作隊伍。

雖然微型小說女作家多了，但微型小說女作家出過書的依然與男性作家不成比例。據我知道：最早出版微型小說集子的女作家是四川的周仁聰，出書年齡最小的是江蘇的梁慧玲，當時她還在太倉師範讀書，即便到二〇〇四年，我選編《微型小說十才女作品選》時，微型小說女作家中出過書的也只有湯紅玲、徐慧芬、陳毓、張可、劉柳等，還有夏雪勤的微型小說集子正在出版中，其他的還真沒聽說過。

如果看一看臺灣文壇，出版過極短篇集子的女作家就有鐘玲、愛亞、羅英、袁瓊瓊、喻麗清等，不是一個兩個，而且有的還出版過多本，有感於此，我決心主編一本微型小說女作家的作品選，在確定人選時，我頗費躊躇。我想一要作品過硬，二要有點代表性。我第一個想到的是周仁聰，因為我挺看好她的微型小說創作，我認為她從農村來到城市後，一時難以融入城市的主流社會，成了城市的邊緣人，當她用這種視角觀照城市與鄉村生活，她的作品也就與純粹城市女性作家不同了，往往有了更切身體會的感受和與眾不同的題材。我還專門寫過評論發表在《四川日報》上。可惜自她結婚後，就從微型小說文壇退隱了，我聯繫了幾次也沒聯繫上，大概又跳槽了，只好作罷。她的復出，是近幾年的事。

後來，我確定了袁雅琴、劉黎瑩、王雷琰、夏雪勤等幾位讀者比較熟悉的微型小說女作家，她們的作者簡介、照片也上過多本微型小說、小小說刊物，入選不會有異議。還有胡麗端是畢業於北大的研究生，是個標準才女，她別具一格的歷史微型小說有不少讀者是很偏愛的。西蕾寧的進入這套書，緣於一次意外的發現，我因主編選本，讀到了她的作品，作品一上手就掂出了她的分量，就她目前的文學修養與創作實力、靈氣，國內的微型小說作家很少能與她相比的，她們崛起、竄紅，我相信只是時間問題。因此，我當機立斷給她發了信，不知為什麼，竟無回音，我想想實在不捨得這樣一位有潛質的作者擦肩而過，所以，我又發了第二封信，這次她回音了，說是僅收到過一封信，該死的郵局，差一點造成誤會。

在前面已提到，梁慧玲是出版過微型小說集子的，但自從她分配到昆山實驗小學後，不知為什麼中斷了創作。也是機緣巧合吧，二〇〇四年我去昆山參觀昆侖堂美術館時，意外地碰到了梁慧玲的一位朋友，她告訴了我梁慧玲的近況，我說起我正在編這本書，叫她轉告梁慧玲，有稿子寄來。沒想到這一次參觀，促成了梁慧玲的重新拿起筆，歸隊於小說創作陣營。

這十位女作家有專業作家，有國家公務員，有大學工作的，有圖書館工作的，有文化館工作的，有編輯部工作的，有企業的高級白領，有北京的「京漂一族」，有自由撰稿人，十位微型小說女作家來自十個省市，真正體現了五湖四海，也反映了微型小說作家隊伍的分佈之廣。而且這十位女作家的職業各不相同，這與男性微型小說作家主要集中在國家公務員、教師與編輯崗位這三大行業又有所不同，有興趣專題研究的，讀了這十位女作家的作品，比較研究後，說不定會有更多的發現與心得呢。為了便於讀者瞭解，閱讀這十位才女的微型小說作品，我還為每一位作家的作品都作了評論，評論是否褒貶得當，是否到位，本想在選本出版後請讀者諸君批評指正。沒有想到這書稿寄到北京後，開始說準備出版，後來沒有了音信，一追問，才知出版公司搬家，把書稿搬沒了。我是二〇〇五年學會電腦的，這之前編的書稿沒有電子版，就此心血白費。但弄丟書稿的是我朋友，總不能為此翻臉吧，只好我自己向入選作家賠禮道歉，雖然十位女作家都十分體諒我，沒有任何怨言，但我心裏總覺欠了她們一筆債，一直想還這個情。也是緣分吧，這次我向臺灣秀威出版公司報了選題後，很快得到答覆，我立馬雷厲風行地開展了組稿。

從二〇〇四年到現在，一晃八年了，這八年，大陸的微型小說文壇的格局發生了很大的變化，微型小說作家隊伍也發生了很大的變化，有些曾經在微型小說文壇很火很紅的擱筆了，有的轉行了，有的出國了，有的仙逝了，當然，也有原本默默無聞、名不見經傳的，迅速躥紅，成為風雲人物。再說微型小說女作家、女作者隊伍，其可喜現象之一，就如「千樹萬樹梨花開」，女性作家不再是鳳毛麟角，可以說比比皆是，其中不乏優秀者，有潛質者。我編這兩本《大陸微型小說女作家精品選》時，選擇的餘地比八年前大多了。當然，我首先考慮那十位女作家，但有個別的轉身到中長篇小說領域發展了，我祝賀她，有的調動工作後，地址、手機都變了，一時聯繫不上，只好作罷。

目前，入選的女作家共有三十九位，有中國作家協會會員，有省級作家協會會員，也有幾位市級作家協會會員，都發表過不少微型小說作品，基本上都出版過自己的微型小說集子，有的還出版過多本，收入到各種微型小說、小小說選本中的就更多了，應該講這三十九位入選者都是目前大陸微型小說文壇比較活躍，或者說潛力比較大的女性作家。像陳力嬌、劉黎瑩屬專業作家，像徐慧芬、夏雪勤、史雁飛、陳毓屬成名作家，像丁立梅、雅蘭等是頗受讀者與媒體青睞的作家，像西蕾寧、梁慧玲是後勁十足的作家，像紅酒、聶蘭鋒、安石榴、非花非霧都是實力作家，像藍月、遠山、立夏、劉天遙係新銳作家，像林美蘭、趙麗萍是我十幾年前小小說高級函授班的學生，像孫青瑜、張可、劉柳、沈荼屬「文二代」——孫青瑜是孫方友的女兒、張可是張記書的女兒、劉柳是劉國芳的女兒、沈荼是沈祖連的女兒，其父親都是當今大陸微型小說文壇響噹噹的重量級人物，能否青出於藍而勝於藍，那要看她們的努力了，我是看著她們步上文壇的，她們的起點要比父輩高，我對她們寄予厚望。

當然，目前大陸微型小說女作家少說有一二百位，進入我視野、叫得出名字的就有郭昕、高虹、珠晶、非魚、閆岩、潘格、卓凡、谷凡、申劍、何曉、闞宏、憶慈、冰雲、涓涓、匹匹、純蘆、閉月、冷月、平萍、金卉、彤子、楊凡、孫蕙、袁雅琴、袁省梅、馬月霞、申永霞、袁桂花、史春花、湯紅玲、田雙玲、張玉玲、熊延玲、和蓮芬、甘桂芬、沈會芬、楊琳芳、朱雅娟、劉紹英、於小漁、宋子平、常聰慧、龐穎潔、田湘鈞、姚淑青、劉春瑩、汪靜玉、樊碧貞、白雲朵、天空的天、百合紫等，還有像一度曾經在微型小說文壇很紅很火的徐平、路也、何蔚萍，以及客串寫微型小說的葉傾城、莫小米等，隊伍已很壯觀。

大陸的微型小說女作家作品是第一次在臺灣亮相，希望臺灣的讀者喜歡，藉此也多少能瞭解點大陸女性微型小說作家的心態與精神追求。我這兩本《大陸微型小說女作家精品選》，顯然無法囊括所有有成績的微型小說女作家，割愛與遺漏也就不可避免，如果這選本在臺灣受到讀者的好評與歡迎，我還會再繼續選編，我的願望，就是儘量把大陸優秀的微型小說作家與作品介紹給臺灣的讀者。

二〇一二年十月十三日
於江蘇太倉先飛齋

目次

白沙

安石榴

孫青瑜

作者簡介

孫青瑜，一九七九年生，河南省淮陽縣人，河南省作家協會會員。河南省文學院簽約作家。

現已在《鐘山》、《南方文壇》、《文學報》、《文藝評論》、《綠州》、《上海文學》、《天津文學》、《安徽文學》、《長江文藝》、《作品》、《時代文學》、《長城》、《山東文學》等刊上發表小說和文學評論數篇。作品曾被《中篇小說月報》、《雜文選刊》、《長江文藝·好小說》等刊轉載。

袁五少

袁五少是袁世凱二門的堂侄，原名袁湘舟，曾在本地出版過宣紙加簽的《袁湘舟詩草》。

水寨街面上見過袁五少的人，也都見過他酒糟鼻上戴的那副眼鏡。袁五少的眼鏡特別，鏡片很厚，一個圈兒一個圈兒的，乍一看，袁五少的眼睛像是藏在鏡片中間。

袁五少喜歡「捧角」，他不僅捧，還喜歡給名演員操琴，袁五少的胡琴拉得相當有水準。水寨集有一座大戲園子，袁五少是其中一股東。戲園子裏只要有戲班子一到，袁五少必主動要求為其操琴。

到了晚上，袁五少並不慌，掐鋨攝點地算好時間，那邊鑼鼓點一敲，袁五少必定已經來到了戲院子中間。他邊走，邊穿過厚厚的鏡片尋找熟識的人，認準了便熱情的打個招呼，話不多，一句：「來了？」那人再說一句：「來了！」

袁五少每次只瞅一人，瞅準了，打完了招呼，眼睛就變得生硬起來，再碰到熟人，便流露一副視而不見的樣子。熟人見他沒有與自己搭話的意思，也便知趣地扭過臉。這時的袁五少已經大步流星地跨上了戲臺，坐下來，將胡琴從帆布袋裏取出，放在微翹的那左腿上，一手扶琴，一手抽弓，樣子極其專業。

當時，周口一帶的演員都以袁五少為其操過琴而感到驕傲，而袁五少最喜歡的就是給名伶司鳳英操琴。司鳳英是袁五少一手捧出來的，所以她一直念著袁五少的好，曾以身相許，要當袁五少的姨太太，不想被袁五少拒絕了。

有人問袁五少為何拒之？

袁五少說：「『捧』屬雅，捧紅了，納為妾，無形中就讓『雅』蒙上了目的性，咱不幹那犯賤的事！」

司鳳英為了感激袁五少，有一年春天，汴梁城有家大戲院子來請戲班子，司鳳英便藉機盛情相邀袁五少到汴梁為其操琴，袁五少竟欣然答應。

幾輛拉戲箱的大馬車徐徐來到汴京城時，天色已晚。戲園子的老闆已在戲園子門口恭候了好一時。那時候是深秋，露水打落在戲園子老闆的鬍鬚上，亮晶晶的。他看見司鳳英，忙拈著小步跑上去。被冷落在一旁的袁五少，心中頓感微卑和失落。如果光是這些，也不至於讓袁五少半夜雇了一輛馬車，拔營回到水寨集。問題是，這時候的司鳳英已被風光、被虛榮沖得頭腦膨脹了，自然也冷落了袁五少。

晚上吃飯的時候，戲園子的老闆宴請司鳳英。其他的人，拈起自治的大鐵皮桶開始燎飯。袁五少看到這些，心中自然憋了一肚子的氣。按理說，袁五少是司鳳英請來的貴客，理應帶他同去。可是司鳳英像是把袁五少這個人給忘了，一個人就去了，吃飽喝足後，住到了戲園子的一間貴賓房內。

袁五少草草吃了幾口飯，和其他人一起，被安排到一間筒子房內。地鋪上的草久了，都已發烏，被褥是自備的，一個破方桌上的煤油燈，閃著豆大的光。男女同處一屋，為了方便，幾個女人將一個角處用布圍了個圈兒，成了她們的天地。牆角處的大馬桶裏的陳尿散發著騷味兒。

那時候已是深秋，夜裏特別冷，袁五少沒有帶被子，因為他萬沒有想到自己會受如此待遇。幾個好心人邀他同睡，袁五少也不知是在跟誰賭氣，硬是在牆角處蹲了半宿。袁五少越想越氣，越想越覺得不該來。他此來汴京本是打算故地重遊一番，不想到了汴京城，竟沒人拿他當人看，連司鳳英這樣的下九流都不把他當人看，不把他當袁家的五爺看。袁五少也越想越氣，這才意識到在水寨集操琴的操出的是雅，出了水寨，操的就是賤……

第二天上午，戲要開演時，司鳳英突然不見了袁五少。戲班子裏的一個男人說：「你怠慢了人家，人家一生氣，半夜裏打道回府了。」司鳳英這才意識到問題的嚴重性。因為此次有袁五少來主弦，所以自己戲班子裏的主弦就撂在了家裏。不想自己一不小心把袁五少給得罪了。眼看戲馬上就開始了，沒轍兒，只好從樂隊裏臨時挑一個來撐弦。因為這個臨時撐弦的手生，再加上沒有擔當過如此重任，心裏有點激動，心裏一激動腦子就容易滑輪，拉得不是快就是慢。整場戲唱下了，司鳳英掉了十多次板兒。本來要演四天五晚上的，不想，一天沒下來，看戲的還剩下稀不啦哈的幾個人。

袁五少連夜趕回水寨集，用磚頭將二胡砸得稀巴爛，看著砸碎的二胡，心裏這才舒了一口氣。從此以後，袁五少再沒有買過新二胡，也沒有給任何人操過琴，把戲園子裏的股也賣了，蝸居在家，很少出門。司鳳英呢？屢屢遭到袁五少拒絕之後，再也沒有來請過他。

解放後，司鳳英成了人民的藝術家，袁五少成了地主分子，身分、地位翻了個兒。到了文革那陣子，造反派讓司鳳英揭發袁五少的罪行，司鳳英為了保護自己，便說袁五少是階級敵人，鄙視人民的藝術，把她們這些唱戲的看成了下九流。造反派們一聽，頓時義憤填膺，向袁五少投石頭，拳打腳踢，幾天下來，上了歲數的袁五少被眾人打得奄奄一息。

不想，就在這時候不知是誰揭發了司鳳英當年自願要做袁五少的姨太太一事。說司鳳英有損人民藝術家的形象，資產階級的享樂主義思想嚴重。

司鳳英被打成了右派。

批鬥司鳳英的時候，袁五少被人用擔架強行抬到批鬥的地點，讓他當場證實這件事。不想袁五少卻說，此事純屬子虛烏有。再說他袁湘舟自來清高，就算有此事，他也絕不會娶一個戲子做妾。臨走時，躺在擔架上的袁五少意味深長地看了司鳳英一眼。

次日，懷著感激之情的司鳳英來到袁五少家時，不想袁五少已經斷氣多時了。他兒子看見司鳳英，說道：「家父讓我轉告你幾句話。你不必感激他，當初他將你捧紅，為的是雅興。他今天早晨說的話，也確實是肺腑之言。」

暗夜

雨，下個不停……

室內，鼾聲正濃……

突然，「嘩啦」一聲響，驚動了床上的男人和女人。

男人猛地一折身，黑暗中對著女人睡的方向問道：「啥響哩？」說完，仄身，屏氣靜聽。

女人翻了一個身，朦朧中嘟囔了一句：「耗子吧？」

「把什麼東西碰倒了？」

「像是鍋蓋。」

「不對，可能是鹽罐子……」男人說著便下了床，在黑暗中摸索著。他憑著地形熟悉的感覺，出了裏間，摸到了外間桌子旁。他彷彿記得火柴就在那裏，但摸了好一時，沒得。

「你把洋火放在哪兒啦？」

「洋火？我忘記了！」女人像是「鵝」起了頭。

孫青瑜

「昨晚是你燒的灶嘛！」
「兩個孩子只顧鬧，我也忘了放哪兒啦！」女人彷彿想起了昨晚做飯時的忙碌，聲音仍有些惱怒。
外面的雨下得穩重不急，黑夜，就顯得很靜，除去瓦盆接簷水的聲響，還有男人呼哧呼哧的出氣聲。他摸摸索索到灶前，將灶臺周圍都摸了個遍兒。
他像是很冷，說話有點哆嗦：「你……你到底放哪兒啦？」
「說過我忘了！」
「你來摸！」
女人窸窸窣窣地起了床，突然就叫了起來：「哎呀，大娃兒身上可燙哩！」
「發燒嗎？」
「像是哩，要不咋會恁熱？」
「這可咋辦？連個亮兒也沒有！快起來找洋火吧！」
這時候，女人下床的聲音就很響，出氣的聲音也很響，走過來，撞著了男人。
男人罵：「沒長眼嗎？」

「黑燈瞎火的，誰看得見！」

小娃兒被吵醒，要撒尿。

男人走過去，搶著娃兒，彎下腰，一隻手摸到尿罐兒，把娃兒尿尿。

尿水落罐兒的聲音時向時不響，男人喊：「尿地上啦！」

娃兒哭，驚醒了大娃。

大娃：「媽，喝！」

「燒的了！」女人邊摸火柴邊對娃兒說，「讓你爹給你倒水！」

男人放了小娃兒，又摸著找茶瓶，給娃兒倒水，走過來：「喲，太燙了！得趕快去衛生所哩！別摸了，快去看醫生！」說完，背起大娃兒，對女人說：「把門後那塊塑膠布拿過來！」

女人這才急了，摸摸撞撞地到門後找到那塊塑膠布，接著，披在了大娃兒身上。突然，像想起了什麼，問男人：「若掛吊針，得不少錢哩？沒錢咋弄？」

「到那再說，看能不能到秋後用玉米頂賬！」男人說完，就一頭鑽進了雨肚裏……

女人回到床邊處，摸摸小娃兒，見娃兒又睡了，便急急摸了件破衣衫，頂在頭上，關了門，也一頭鑽進了雨肚裏……

張可

作者簡介

張可，河北省作家協會會員，「邯鄲菩提苑心理諮詢中心」首席心理諮詢師。

一九九七年起，在《微型小說選刊》、《作家報》與香港《青果》雜誌、臺灣《人間福報》、新加坡《赤道風》、泰國《新中原報》、馬來西亞《爝火》等幾十家報刊發表作品二十餘萬字，出版過《慧眼禪心》等三部作品集。

散文〈失落的心〉榮獲「全國中學生詩文大賽」二等獎和新加坡「國際華文散文」優勝獎。小說〈進城〉入選加拿大多倫多大學教材。〈進城〉、〈尋找完美〉、〈跳棋〉等榮獲中國微型小說排行榜年度獎。

四次參加國際性筆會：二〇〇〇年參加重慶海外華文文學國際學術研討會、二〇〇二年菲律賓第四屆、二〇〇四年印尼第五屆、二〇〇六年汶萊第六屆世界華文微型小說研討會，各發表了論文。

尋找完美

買一條牛仔褲，不是一時的衝動。在物質的追求上，我很少因為衝動而購買。崇尚簡單的我，不喜歡一大堆的衣服閒置在那裏，占著我的空間和選擇的時間，而買衣時那種尋找完美的心態卻又和我的懶惰成了尖銳的矛盾體。因此，當買一件衣服時，說明我很需要它了。

找了時間拉男友一同逛街，卻像走馬燈般浮光掠影。幾乎所有的牛仔店都是掛著時下流行的「頹廢美」的牛仔褲，而那樣子是我所不喜歡的。終於，在一家小小的店面前駐足，一條漂洗成豎條紋的牛仔褲使我動心。試穿一下，喇叭筒的樣式，彈性的布料更讓我對它傾情。遺憾的是，褲腰較肥些。

「大姐，還能找一條腰瘦些的嗎？」

「這已經是最瘦的了！」賣貨大姐答。

男友建議，再轉轉。

嘴上說好，轉了一大圈，眼瞟著其他貨色，滿腦子晃動的，卻還是它的影子。問問價錢，更是公道。賣貨大姐說明：「可以找裁縫改腰，很方便的。」於是，將它買下來，不再猶豫。

北方的冬天簡直不叫天，陰冷地如同一張憤怒地臉。我內心歡喜的熱度卻依舊趕不上物理的冷。

「誰叫你不好好吃飯要減肥呢？瞧你瘦的，瘦人是最怕冷的……」男友一邊嗔怪我，一邊拉我到路邊。

將自行車停靠好，他摘下我厚厚的羊皮手套。一雙溫暖的大手緊緊地捧住了我冰冷的小手。剎那間，一股暖流流向我的全身，熱交換使我不由打了個顫。

「冷吧？」說著，男友又解開自己寬大的羽絨大衣，如同張開的羽翼，將我裹入他的懷中。

「好暖和啊！哎，你覺得我的新褲子怎麼樣？」真是暖和了，原來愛情的溫度還能烘烤化一塊凍僵的喜悅。

取了一會兒暖，身上舒服了很多，離家還有很長的一段距離呢，繼續走吧！沒走多遠，我的手又開始冰了。男友摘下他的右手手套，將手蓋在了我戴著羊皮手套、握著車把的左手上。這樣騎車總是危險的，不如換手套戴吧！就這樣，平均五分鐘，他將他的熱手套給我，換下我的冰手套……

在家門口一家熟人的裁縫店，拿出褲子，說明來意，熟人列出很多條不好改的理由。不是錢的問題——確實是麻煩。

剎時，滿心的希望化做一團烏雲，那個遺憾的「點」一下子被放大成「面」，逼壓著我的心，使我感到「沉」？

再次穿在身上，感覺除了腰肥些好像沒有什麼太大的問題。退貨是不可能了，男友說：「要不就將就著穿吧！」

我白了他一眼：「將就，你什麼都將就，真沒上進心！」

男友立刻低了頭，不再答話。我卻突然火冒三丈，他老是這個樣子，肉了吧唧，連一句爭論的話都沒有。

那條褲子被我束之高閣了，連同的還有那個他。

新褲子十分完美，也如同我的新男友。他英俊、有氣質、有主見、特上進……

我慶幸，終於找到了自己想要的完美！

一個百無聊賴的下午，隨意地翻著雜誌，一則漫畫躍入我的眼簾，底下還配有一段文字：「有很多的時間，不是用來尋找完美的，而是發現和珍惜你所擁有的。因為你愛它（他），它（他）就是完美。」

我像被馬蜂螫了似的，心一下子痛了起來。我「完美」的新褲子只穿了一次就開線了……

我翻出被封存的褲子，卻怎麼也找不出當初憤怒地感覺。我喜歡它的面料，喜歡它的圖案，喜歡它的褲型，喜歡它的舒適感，喜歡它的價格公道，原來，我怎麼就不知道自己這麼喜歡它呢？

羊皮手套就放在離我不遠的地方，我想像著上面還有他的溫度。

迄今，我和新的他分別已六個月有餘了，和他分別整整一年了。還能來得及嗎？

是誰說的，怕老婆是因為不想叫她生氣！而他的不爭辯恰恰是對我的包容啊！

我緩緩地穿上褲子，忽然想：「為什麼我不吃胖一點呢？」

王小鬧的權利

昨日，在店附近的家屬院門口，偶遇王小鬧。時隔半年，看到他離開我們還這樣結結實實地活著，我很欣慰。

當然，多虧了好心人的照顧。那位照顧他的大媽，還有她的鄰居，七嘴八舌地跟我講述，某天他跟「別人」打架了，背上被撕開一個大口子，有人給他拿了藥粉，敷在傷口上；晚上他不知道跑到哪去玩兒，白天餓了就會到大媽的家門口叫喚，大媽拿出「雞肝拌饅頭」，讓他飽餐一頓；大媽家裏有一隻大公貓，所以只能給他飯吃，不能收留他。

王小鬧是一隻貓，雄性。

當初，我遇到他時，他不過四五個月大，枯毛瘦發，長得一點也不好看。我把他領了回去，正好跟店裏的王小丫做伴兒。

王小丫是一隻母貓，也是我收養的一隻流浪貓。

從收養他們的那天起，我就開始擔心，他們長大了怎麼辦？丫丫是要生孩子的，而店裏的環境顯然不具備讓她安靜生孩子的水準；鬧鬧呢，很可能會跑丟——在他發情的時節……

在我們店的對面，有一間寵物店。我到那裏給貓兒們買食物，看到店的玻璃櫥櫃裏養著幾隻貓，有雄性，有雌性。他們一個個膘肥體壯，毛髮油光發亮。

店主大姐驕傲地對我說：「看，我的貓咪多滋潤！他們吃著店裏最貴的貓糧，用著最好的貓砂。他們的身上一塵不染，沒有一隻跳蚤！」

我很奇怪：「沒有跳蚤，怎麼可能？除非他們與外界隔絕！」

大姐笑了：「是呀，我根本不讓貓咪出去。每週給他們洗一次澡，用的也是最好的浴液……」

我隔著櫥窗，逗他們玩兒，他們馬上聚過來，前爪扒著櫥窗的通氣口，身體直立起來。他們一個個朝著我呼喚，眼睛裏是深深的渴望。

我對大姐說：「貓是野性的動物，怎麼能這樣圈著他們呢？」

大姐似乎還陶醉在「自我作品」的欣賞中：「你沒見嗎？我的貓比別人家的貓長得都好。他們有吃有喝有人伺候著，還有什麼不知足？」

轉眼間，半年過去了，鬧鬧像氣吹的一樣，長成了健壯的「小夥子」，丫丫呢，變成了一個含情的「大姑娘」。

我的擔心越來越重，再去寵物店時，大姐給我建議：「那就做了唄！」

什麼叫「做了」？

「就是給他們做手術，公的把生殖器摘掉，母的把卵巢或者是子宮摘掉。這樣，他們就會很溫順，再也不想亂跑了。」

我指著櫥窗裏的貓：「他們？」

「是！」大姐迎著我的目光，肯定地回答。

我內心一陣難過。這一刻，我才感受到，那些貓兒們內心的孤苦和眼神中的落寞。

「我不！他們是小生命呀，他們有權利交配和生育。」

「權利？他們懂什麼權利？再說，我是為他們好。你想想，生孩子多痛苦呀，我這是為他們避免痛苦……」

春節前夕，丫丫懷了鬧鬧的孩子。此時，店裏生意冷淡，我們也開始準備回家過年。

鬧鬧卻生病了——貓瘟。據說，這是比較嚴重的疾病，死亡率較高。

抱著鬧鬧去寵物醫院，大夫說他的病不容樂觀。我淚如雨下，反覆哀求：「錢我不在乎，求您一定看好他……」

那一周，每天兩次帶鬧鬧去輸液。還給他買了貝因美的葡萄糖和丞燕的複合維生素。灌在針管裏，一點一點喂他。

一周後，鬧鬧奇蹟般地恢復了健康，我很高興。鄰居家的那只叫「小新」的寵物狗卻死了。狗瘟。和鬧鬧發病時間差不多。不同的是，他的主人怕花錢，放棄了給他治療。

他的主人不解地問我：「一個畜生，值得給他花幾百元看病嗎？」

春節後，店門開張。丫丫的肚子明顯大了起來，她無法再滿足鬧鬧。春天的暖風復蘇著萬物，也吹亂了鬧鬧一顆萌動的心。鬧鬧開始到處遊蕩，尋找新的愛侶。

每晚，店打佯後，我們的任務就是把鬧鬧尋回來。

可是，有一晚，他再也不肯在我懷裏安穩地待著，讓我抱他回家。他又抓又咬，焦急地想要自由。

我強行帶他回到店裏，他還是走了。那時，我選擇了沉默。看著他遠去的身影，我知道，我就此失去了他。

沒想到，半年後，我還能與他見面。他的性情還是那麼溫和，對人類還是那麼信任。

大媽說：「既然是你的貓，就帶他走吧，小傢伙在外流浪，多可憐呀！」

我抱著鬧鬧，回到他成長的地方。好些東西還都有記憶，只是，他過慣了自由的生活就再也不想被限制了。

我再次目送著他遠去。

鄰居嘲笑我：「你這是何苦來，撿一隻貓養大，花很多錢給他治病，到頭來卻放他跑了，還自己跟這兒落淚！」

鄰居永遠不懂，王小鬧可以選擇生育，可以選擇和我在一起，也可以選擇流浪——這些是他的自由，都是他的權利！

沈茶

作者簡介

沈茶，女，一九八一年生，廣西小小說學會理事。

已在《廣西文學》、《飛天》、《百花園》、《小小說月刊》、《金山》、《百樂》、《欽州日報》等報刊發表微型小說、隨筆三十多篇，微型小說〈局長的寶馬〉獲得廣西首屆反腐倡廉小說大賽一等獎，〈這一家子〉獲得首屆廣西小小說大獎優秀獎。有作品被選入灕江出版社和長江文藝出版社的二〇〇九年和二〇一〇年中國微型小說年選本。

局長的寶馬

老公當上了局長，天下最高興的莫過於夫人了，不是嗎？苦熬二十年，終於坐上了個一把手的位子，雖然只是個局，可在她的眼裏，那就是個獨立王國。王國裏，他就是國王，而她就是王妃，隨你吃香喝辣，令行禁止，甚至於頤指氣使，你誰敢不從？

她像是一種熬出了頭的感覺，逢人便說，她家那位怎麼怎麼的，那臉上掛著十二分的光彩。

不想剛上任的老公，回來頭一件事便是跟她約法三章。

她也爽脆，三章就三章，最終還不是聽她的！

老公可是鄭重其事的將一張打著三號字的Ａ４紙交給她。

她一看：「第一章，以後一切得聽我的；第二章，不得跟隨本局長參與一切公共活動；第三章，不得任意接受別人的請求及禮品。」

她有點不舒服了，這三條，條條都是針對著她的。雖然如此，她還是高興，紙上的限制，自然抵不上實際上的升降。新官上任火三把，看你最終還不是聽我的！

晚上，局長丈夫坐著黑亮的小轎車回來了，看看還是正宗的寶馬咧。她正想順風出去一趟，去看望一個老同學，可他下了車，那車在門前劃了個漂亮的圓弧倏的開走了。

她便有了怨言：「那車不是配給你的嗎？本夫人就不可以沾沾光？」

「是的，是局長專用車。」他平靜地說，「不過，那是上班或辦事用的。」

「哦，滿天下的官車，就你分得清，哪是公事哪是私事？」

「人家我不管，也管不著，我自己卻分得清。」他微笑著說，「老婆大人，正想跟你商量個事，我們買輛車吧。」

「什麼？你瘋了？以前不當官時不見你說過要買車，現在有專車了，卻要買車，吃錯藥了？」老婆說著伸手摣了摣他的天堂，並不發燒啊。

「我很正常。你不是說要聽我的嗎？怎麼就反悔了？」

「誰反悔了？我們哪有買車的錢？」

「我是想，辦貸款買。問過了，每月只支付一千三就行了。」

「當了局長還卻貸款買車，人不笑你狗都笑了。」

「不，是給你買的，再怎麼說，你現在也是局長夫人了，總不能老騎那二四姐吧。」

「天啊，本想借借局長大人的光，讓咱風光風光，沒成想……」

「這不是借了我的光嗎？不然的話，五年內我還不會提買車。」

「好吧，你自己看著辦吧，該怎麼著就怎麼著。本夫人不管了。」

「好，這才是遵守諾言的局長夫人。」

兩天後，嶄新的麒達開了回來，夫人看著還真是愛不釋手。

她將兩把鑰匙收藏起來，一邊到駕校報名。

他戲謔地說：「人家是先有證後有車，你可是先有車後有證，怎麼樣，要不要本局給你當司機？」

「好啊，讓一局之長拉著滿天飛，也算是風光了。」

這天下班回來，寶馬開走之後，他向她借了車。

「夫人，剛才看到利寶超市有我要的東西，借你的車一用。」

「你下班不是經過利寶嗎？」

「是啊，不經過我怎麼會發現呢？」

「那就怪了，怎麼不順路進去買，而要回來借車去買？」

「是啊，可我那寶馬，誰不認識？還是用你的麒達吧。」

「哦，是這樣，那我要是不借呢？」

「我相信我的夫人不會不借的。」

「就這麼自信？」

「都合作了十幾年了，連這點自信都沒有？」

「那好吧，成全你的名節。」說著掏了一枚鑰匙交給了他。

購物歸來，她便又將鑰匙收了回去。

「就不可以讓我保管一條？」

「這叫有借有還，再借不難。反正你有公車，也用不著。」

「好，再借不難。尊重你。」

五一國際勞動節轉眼到了。她的一個好朋友的兒子結婚，發來了請柬，並想借局長的寶馬接接新娘。結婚是一生一世的大事，誰不想風光風光？能用下寶馬，那可是做夢都想的事哦。

可是，四月三十日晚，他那寶馬便入了庫，並聲明，節假日沒有公事，讓它好好休息休息吧。

五一上午，眼看就到了喝酒的時刻了。他不得不涎著臉問夫人：「老婆大人，借車用下吧。」

「沒空，我要用。」

「那我只好打的了。」

「活該，放著寶馬沒用，不嫌丟人的話，你最好打個三輪去。」

「也好，好久不坐三輪了，正好體驗體驗，現在正在醞釀要取締，我倒要看看，這三輪還有沒有存在的價值。」

他走出門來。

她卻拿出了鑰匙，向他丟了過來：「你想丟人，我還丟不起呢。」

他一手接住：「還是老婆會體諒人，等下挾塊五香扣肉回來，你等著吧。」

贓物返還

三口之家，尚沒有能力購買小汽車，省吃儉用買了輛摩托車，踏板的雅瑪哈，男人可以開，女人也可以開。小摩托入屋，為這個小家庭增添了不少的歡樂。飯後男人開上它，帶上女人及小孩，繞城一圈，見識了許多小城的新面貌，哪裏新開了個超市，哪裏又鋪了水泥路，哪個本來很紅火的商店又關門了，他們都能在第一時間裏發現。假日或週末，他們便帶上遮陽的器具，會跑得更遠些，雖然備受自然風雨沙塵的侵襲，一家子倒也其樂融融。

然而，好景不長。於一個晚上，那小摩托竟然不翼而飛了。男人回憶起來，他是上了車頭鎖的。女人也回憶起來，她還加上了大卡鎖，這才挽著丈夫牽著小孩進入那個讓人快樂最後又讓人痛苦的娛樂廳。

他們找遍了娛樂廳的每個角落，也問遍了門外的值班人員，都沒有找到，便想到是被人偷盜了。

於是，他們報了警。

於是，他們只好打的回來。
報警時，他們留了電話。留下了電話也就留下了希望。他們對警察充滿著信心，盼望著這些警察會給他們喜訊。
果然，在失盜的第八天，男人接到了電話，是派出所打來的，問他是不是叫×××？他說是。再問他是不是丟失了一輛雅瑪哈？他說是，在八天前的晚上。派出所的人便說：「好運，車找回來了，準備好你的證件來認領吧。」
男人大喜過望，謝天謝地！由此，男人全身對警察充滿了感激，要知道，現在丟車的人不在少數，而失而復得的實在不多，據說那幾率是萬分之五，他竟然在這極少數的行列中，這不是太幸運了嗎？他在第一時間告訴了女人，女人也顯得很激動，立時又將消息告訴了小孩，小孩高興得跳了起來：「哦，我們又可以去遠方了，我們又可以去看海了！」
第二天早上，男人便帶上身分證、戶口本、工作證、上崗證、駕駛證、行駛證等一應證件來到派出所。
派出所的負責同志說得等等。
男人實在等不了，便進去看他的車。

遠遠的，男人看見了他那久違了的雅瑪哈，孤零零地立在院子的楊桃樹根下。雖然一個倒後鏡被碰破了，右邊車頭還掉了塊漆，那車卻還是很新很好。

他忍不住走近去，用手輕輕撫摸著。他恨不得立時就騎回去，載上女人，載上孩子，趁著和風，繞城三周，向人昭示：「我的雅瑪哈又回來了！」

可當他掏出一應證件要認領時，被派出所的同志告知，現在還不能認領，得等局裏舉行個贓物返還大會，要到會上去認領，到那時，還要上電視咧。

男人只好望著小雅依依不捨地離去。

等等就等等，男人能理解，現在的社會風氣不好，偷盜猖獗，作為治理部門及負責人士，當然是要把力度加大，把聲勢造大，以此給人民以信心，給罪犯以震懾。

可等了好幾天，還沒有接到認領的通知。在女人的催促之下，男人又一次帶著各種證件來到派出所。男人驚異發現，在他的小雅旁邊，分明又並排站著了另一輛摩托車。

男人詢問：「什麼時候開會？」

回答是還不能確定。

男人說：「能不能快些？沒有車，我們一家都極不方便。」

回答說：「再克服一下吧，我們總不能為一二輛車就召開個大會吧。」

男人想想：「好是好，要開會，肯定得在廣場上，在那大庭廣眾中，千萬人來看一二輛摩托車，那不是小題大作了嗎？」

沒辦法，還是等吧。

這期間，男人不知道被女人罵過多少回，男人也不知道往派出所裏跑過多少回了。

終於，在一天早上，他接到了通知，上午十時二十八分會在人民廣場召開贓物返還大會，讓他到會上去認領他的摩托車。

男人來了。男人看到了，廣場上擺著許多的贓物，有摩托車，有電視機，有自行車，還有一些小件物品諸如手機電腦等。他的小雅還被繫上了紅綢帶呢。

在電視錄影機的對準下，幾個領導講了話，群眾拍過無數次掌之後，他聽到了自己的名字，他排在認領物件的第一位。他激動地奔了過去，從派出所的同志手上接過了鑰匙，在電視記者的陪同下，走向自己的摩托車。

他將鑰匙插了進去，可是，那鎖頭卻擰不動了。再一看那車子，全身鏽跡斑斑，有幾個部件一碰便掉了下來。

他退在一旁，瞪大著眼睛，簡直不敢相信，這就是他那還不到一個月的小雅瑪哈！

劉柳

作者簡介

劉柳，筆名「了落」，一九八三年三月出生，江西撫州人，畢業於贛南師範學院美術學院，後就讀於武漢大學，獲碩士學位。

在《少年文藝》、《天津文學》、《時代文學》、《青春》等報刊發表微型小說兩百多篇。作品先後被《青年文摘》、《小小說選刊》等報刊選用。《兒童文學》二〇〇二年六期頭條刊發了劉柳的兒童小說五題，並附評論。兒童小說〈萌芽〉選入北京市東城區二〇〇二年初中升學統一考試語文試卷。二〇〇三年五月，獲得了江西省第五屆谷雨文學獎——青年文學獎，同年加入江西省作家協會。出版專著《豆豆樹呀快快長》一部。同時為國內大型原創網路文學——晉江文學網簽約作者，長篇小說〈南宋偽后〉、〈女記者婚戀紀事〉為該網站上架熱售文章。

萌芽

在院子裏乘涼，老是看見鄰家一個小男孩吃葡萄時把葡萄子埋在一個裝滿土的花盆裏。起先，我並不在意，看久了，便問：「你怎麼老把葡萄核埋在花盆裏？」

「我想種出葡萄來。」他頭都不抬。

「可種葡萄是用葡萄藤插栽呀，你這樣種不出的。」

「知道。」

「那你幹嘛還這樣？」我好奇了。

「種葡萄非要用葡萄藤嗎？我想創造奇蹟。」孩子抬起頭，眼裏貯滿了希望。

過後，總看見男孩精心的為他種下的葡萄子澆水，然後就呆呆地蹲在花盆前發呆，眼中儘是希冀。以至於院子裏其他小孩叫他去玩，他也不理。顯然，他沉浸在他的希冀裏。

男孩的家長幾天後才發現男孩的古怪。這天，家裏的醬油用完了，男孩正蹲在門外，他父親叫他買醬油，連叫了幾聲，沒人應。出去一看，發現男孩呆呆的蹲在花盆前，父親便說：「你蹲在這裏幹什麼？叫你幾聲都聽不見，你心到哪去了？買醬油去。」說著，便遞錢給了孩子。

男孩去了很久，還沒回來。孩子的父親慌了，忙走出去。一出去，就看見孩子還蹲在門口花盆前，手裏捏著他給的錢。

孩子的父親生氣了，過去一把扯著孩子的手，兇道：「你怎麼搞的？叫你去買醬油，你還死在這裏？」

孩子的心思還在花盆裏，葡萄子栽進去很久了，還沒發芽，孩子有些失望了，他說：「我在想這葡萄怎麼還不發芽。」

孩子的父親聽了，更氣了，大聲說：「以前就跟你說過，你這樣做沒用，你真是執迷不悟。」說著打了孩子一個耳光，並舉起花盆，把它摔破了。

孩子看著滿地泥土與碎片，哭了。

孩子畢竟還小，他在沉默了幾天後，又恢復了往日的活潑，又開始和院子裏的小孩一起玩。

一星期後，也是在乘涼的時候，我看見院子裏的一個女孩吃葡萄時也把葡萄子埋在花盆裏。我想過去告訴她葡萄核長不出葡萄，但還沒等我過去，男孩子也看見了，男孩走了過去，跟女孩說：「你怎麼老把葡萄子埋在花盆裏？」

「我想種出葡萄來。」

「種葡萄要用葡萄藤插栽，你這樣種不出的。」

「知道。」

「那你幹嘛還這樣？」

「種葡萄非要用葡萄藤嗎？我想創造奇蹟。」女孩抬起頭，眼裏貯滿了希望。

孩子說：「真的，你這樣做沒用，我以前也這樣做過，沒用的。」

「你種了多久，種下去要每天澆水，你知道嗎？」

男孩點點頭，張開嘴，還想說些什麼，但什麼也沒說就跑回屋了。

幾天後，女孩的花盆裏居然長出嫩嫩的葡萄藤來，女孩開心極了。我看見她把院子裏的小孩都叫去看，也叫了男孩。但男孩沒去，男孩在一群孩子圍著花盆看時，一個人躲在一邊流淚了。

我看見男孩流淚，走過去，我說：「你怎麼在這裏流淚？」

男孩說：「葡萄藤是女孩的父親插下去的，我看見了。」

男孩又說：「她父親真好。」

說著，男孩嗚嗚地哭了。

老人與海

這個秋天，第一次，秋風發善心似的收斂了淫威，不再天上地下肆意著。於是，這個秋天，這天，天空便像長了個個兒，顯得特別的高，細看，竟能發現藍藍的天空中有幾朵白雲在悠閒地散著步。路旁的樹則紛紛卸下滿身的枯黃，禿禿的枝丫挺挺的，倒顯得萬分的輕鬆。於是，放眼望去，另有一番碧雲天，黃葉地的景致了。

嗚嗚嗚——一陣陣的海螺聲幽幽地響著，老人靜靜地吹著，無比蕭瑟。在這蕭瑟聲中，即便是沒颳風，也讓人不由得感覺有無邊落葉蕭蕭而下了。

一個孩子走進了老人的悲涼。

孩子怔怔地看著老人，良久，孩子說：「老爺爺，你在吹什麼呀？」

老人抬抬頭，淡淡地說：「吹海螺。」

「海螺，海螺是哪來的呀？」

「海螺是我兒子帶來的。」

「你兒子從哪兒帶來的呢？」

「大海裏。」

「大海，大海在什麼地方？」

「大海在很遠很遠的地方。」老人緊緊地握著手中的海螺，眼睛定定地看著前方，悠遠卻空洞。

「大海好玩嗎？」孩子稚稚地問道。

「大海，大海有連天的波浪，起風時，浪就更大了，連船都會被打翻……我的兩個兒子……在大海裏，回不來了……」老人說著，滿臉的悲傷。

「那你去大海裏看他呀？」孩子說。

「我是想去見見大海，能見到大海我這輩子就無憾了。」老人說著，握著海螺的手一抖一抖的。

孩子瞪大著眼睛看著老人，愣愣的。半晌，孩子才小聲小氣地說：

「老爺爺，你想去看大海，那你怎麼不去呢？」

「唉！」回答孩子的是一聲重重的歎息。

「爺爺，你不知道大海在哪裏嗎？」

「嗚嗚嗚——」回答孩子的是沉悶的海螺聲。

「爺爺，等我找到了大海，就帶你去。」

孩子顯然記住了老人，顯然記住了自己所下的決心。每天每天，孩子都一定會來找老人，聽老人吹著悲哀的海螺，講那傷心故事。「我一定要帶你去大海，老爺爺。」孩子總說，稚氣的臉上寫滿了認真。

一天，孩子興沖沖地跑來，拉起老人就跑，邊嚷著：「老爺爺，我找到大海了，我帶你去大海。」

江邊，孩子急切地指著滔滔的江水，興奮地說：「老爺爺，看，大海裏有連天的波浪，那浪真大。」

老人呆了呆，輕輕地摸著孩子圓圓的腦袋，「是啊，海真大，那浪真大。」

孩子興奮極了，「老爺爺，你見到大海了，高興嗎？」

「高興，高興。」老人顫顫地點著頭。

孩子拿過海螺，「嗚嗚嗚——」海螺哽咽著，江水也拍得更猛了，似乎也知道了一個老人與海的故事。

藍月

作者簡介

藍月，原名陳雪芳，江蘇省蘇州市人，係江蘇省作家協會會員、中國小小說名家沙龍江蘇理事、江蘇省微型小說研究會理事、《小小說大世界》文學月刊執行主編。

作品散見於《青春》、《北方文學》、《牡丹》、《短小說》、《小小說選刊》、《微型小說選刊》、《百花園》、《金山》、《新課程報·語文導刊》等報刊。有作品收入《二〇一〇最好看中國散文一百篇》、《二〇一一年中國年度小小說》《中國實力美文金典文叢》、《二〇一二中國微型小說年選》、二〇一二中國微型小說精選》、《二〇一二中國小小說精選》、《二〇一二中國小小說年度佳作》等叢書。其作品多次獲獎，入圍二〇一二中國小小說排行榜。

霜白

夜深了，靜穆的小村莊睡著了。屋頂的瓦楞濕漉漉的，在月華的輝映下泛出清洌洌的光。一隻貓無聲地躍上屋脊，腳一抖，一片小碎瓦順著瓦楞咕嚕嚕滾下，貓探頭觀望了一下，又抬頭看了一眼空中的月亮，若無其事的走開了。

母親被這細微的聲響驚動了，她側過頭看看窗外，窗子蒙上了霜氣，白茫茫的。母親掖了掖肩頭的棉被，發出一聲輕輕的歎息。

「深更半夜的，你不睡覺做啥？」父親翻了個身，咕噥一句。

母親轉過身，「唉，我這睡不著的毛病越來越厲害了。」

父親看了看母親，「你就不能不瞎想啊？」

母親眼裏汪出了淚，「我耳邊老響著三丫頭的哭聲，那丫頭連口奶都沒吃上。」

「別想了，都那麼多年了……」父親也歎了口氣，轉過背去。

「能不想嗎？身上掉下的肉……當年都怪你……」母親轉過身肩膀不停地聳動。

「你怎麼又哭上了？女人家家就是眼窩子淺。孩子說不定比跟著我們過的好呢！」父親摟過母親的肩。

母親的肩膀聳動更厲害了。

「好好好，怪我還不行嗎！你也不想想，我不也是沒有辦法嗎？多個孩子多張嘴，你那時候也是餓得皮包骨的，哪來的奶水？」

母親垂下了眼瞼。空氣像緩緩流動的冰塊，窗戶上的霜氣悄無聲息地凝固成形狀各異的霜花。遠處的屋面上傳來一聲悠長的貓叫，像極了孩子的哭聲。

母親不禁哆嗦了一下。當年，三丫頭也是在冬夜裏降生的，尖細的哭聲撕裂北風扯下了漫天飛雪。那夜，乾柴棒一樣的母親摟著乾柴棒一樣的新生兒縮在炕上。

炕頭同樣乾柴棒一樣的兩個丫頭睡夢裏磨著牙說：「娘，我餓。」

父親背著手來回踱步，不停嘴地歎氣，最後看著天外露出的魚肚白，咬咬牙說：「送人吧。」

母親流著淚摟緊了孩子。

父親伸出手。

母親把臉貼著孩子，看了又看親了又親，還是無奈地撒了手。

「你……真的看見咱們丫頭是被人抱走的？」母親試探著問。

「都和你說幾百遍了，我親眼看見一個老太婆抱的，不看見我能離開？不說了，睡吧。」

父親翻了個身，臉向裏床。

母親也翻了個身，臉向外床。

慘白的月光似乎也有了滿腹心事，透過窗子無聲地照在母親憂傷的臉上。母親支愣起耳朵，但是除了風吹斷枯枝輕微的咔嚓聲，沒有再聽到半點聲響。

母親又翻了個身，猶豫了一下，還是伸出食指輕輕戳了戳父親的後背。

「唉，和你說個事。」

「嗯？」父親用鼻音說。

「劉嫂說……昨天她去顧家灣看見一個女娃子和我們家二丫頭長得一模一樣。」

「劉嫂的話也能信？這人像人多得是。」父親用後背說。

母親看著父親的後腦勺。

「可是劉嬸說她私底下去打聽了下，這丫頭不是那家親生的，是撿的。年紀也和我們三丫頭同年。你說會不會……？」母親小心翼翼地說。

「我說你能不能別在這事情上糾纏啊？再說了，就算這丫頭就是咱家丫頭，咱們有臉去認？」

母親不再作聲只是不停流淚。

夜靜得出奇，父親竟破天荒沒有發出排山倒海的鼾聲。

天濛濛亮，母親看了眼熟睡的父親，輕手輕腳起床，踏著白霜去了顧家灣。她躲在村口的一棵樹後張望，小路靜悄悄的，沒有一點聲息。

母親親靜靜地等待著，頭巾上，眉毛上都落了一層白霜，但是她的眼睛卻是閃亮閃亮的。突然，衣服被扯了一下，母親回過頭看見了父親，父親的頭髮眉毛鬍子上都結滿了白霜。

母親的眼圈紅了，「我只是想看看她，她平平安安的我就放心了。」

父親點點頭，「你先回吧。」說完整了整衣襟，大踏步向村子走去。

母親看著父親的背影，抬手擦了擦眼睛，又瞇起了眼睛。陽光不知道什麼時候已經探出頭來，在父親的頭上一閃一閃的，那些霜也悄然隱退了。

母親咧一下嘴，一顆淚掛在了微翹的嘴角。

開水間裏的笑聲

社區突然間停水，說是維修，要停一整天。我不得已，只能提上兩熱水瓶去開水間打水，進去以後感覺有點意外，因為開水間的經營者竟然是一對年逾古稀的老夫妻。老頭上下忙活著，褐色的臉膛佈滿歲月的履痕，滿頭白髮，深深淺淺的皺紋裏填滿煤灰的污垢，一雙筋脈虬出的手做起事情來有些微微顫抖；老太太呢，安靜地坐在一邊，收錢或者傾聽老頭和顧客們說笑，面帶微笑神色安詳。她腦後盤著現代人很少看見的髮髻，穿著三四十年代的蘇州人傳統服飾，腰間還圍了一個小圍兜。

老頭時不時會轉過頭招呼老太太：「老婆子哦！」老太太或點頭或微笑。

在等待的當兒，我說出心中的好奇：「我說你們這大年紀了，應該在家享福了，怎麼還在經營開水間呀？」

老太太笑而不答，老頭說話了：「在家閒著也是閒著，幹幹活對身體好。」說完爽朗地笑了。

我在心裏想這對老人的生活一定不容易，可是後來知情人的說辭推翻了我的武斷猜測。

其實這對老人的生活很安定，兒子們都很出息，在大城市裏買了房子，曾經想接老人去城裏的，但是他們拒絕了。理由是住慣了一個地方就不想再挪窩了。更何況老頭有一份很不錯的退休工資，衣食無憂。雖然老頭的心臟不是很好，但是老太太手輕腳健，照顧老頭綽綽有餘。開這個開水間是因為老太太。

在一個細雨霏霏的清晨，老太太突然摔倒了，並且昏迷不醒。雖然搶救過來了，半邊身子卻失去知覺，說話也變得口齒不清。本來就安靜的老太太變得更加沉默寡言了，拒絕外出，拒絕見人，一個人躲在家裏暗暗歎氣，默默垂淚。

老頭看在心裏急在心裏，他說：「老婆子，這病沒有什麼了不起的，慢慢鍛煉就會恢復的，還有啊，你要多說話，說話多了，腦子就開動了，腦子一靈活，其他零件就都靈活了。」

老太太說：「我都廢人了，活著也是個累贅！」

老頭說：「我都當了你一輩子累贅了，要是你不在啊，我連雙襪子也找不著，別說吃頓熱飯了，你照顧了我一輩子了，這次是老天特意要讓我來照顧你，不過有條件的，等你好了，你還得照顧我。」說著老頭還衝老太太做了個滑稽的鬼臉。

老太太「撲哧」被逗樂了。

老頭說：「我想好了，我們來經營一個開水間，這樣你就有事情幹了，不會覺得悶。」

老太太說：「我這個廢人啥也幹不了。」

老頭說：「誰說幹不了？你可以坐在那裏幫我收錢啊，還可以撿撿煤啥的。」

於是開水間就開張了，生意還真不錯，來來往往的人多了，老太太也慢慢開朗起來。漸漸的老太太能扶著東西走了，後來可以走好幾步了，就算老頭出去送水，老太太也能獨立照看生意了。生活又回到了和諧安康的氛圍。

我聽著真為這對老人家高興。可是幾個月後的一天，我發現開水間沒有開門，一種不祥的預感頓時籠罩了我。

我忙去邊上的雜貨店打聽，雜貨店老闆告訴我，開水間的老頭昨天突發心臟病去世了。我的心咯噔了一下，心想這個開水間肯定不會再開了。但是每次走過的時候我還是從心裏希望那扇大門會再次打開，雖然這樣的希望有點不現實。

在這樣不現實的期盼中過了五天，在五天的消耗中，期盼已經差不多磨盡。也許是出於習慣吧，我還是扭過頭看了一眼那個門。天哪！門竟然開著！我用百米衝刺的速度衝了進去。

老太太獨自忙碌著，依然是那樣的穿著，依然很安靜，不同的是，那張臉比以前瘦了很多，皺紋堆積著皺紋，幾乎看不清老人原來的輪廓。

我站立著一時不知道該說什麼好，老太太看見我笑了一下。

我沒話找話吭吭哧哧說：「阿婆，你還好吧？」我不知道老太太會不會回答我，因為在我印象裏，老太太很少說話。

「還行，老頭子走了，我還要好好活下去，讓老頭子在那邊安心。」老太太的聲音很輕很柔卻透著堅強，她掂一下篩煤的篩子，把不好的撿出來。

我說：「您一個人打理這個開水間太辛苦了。」

老太太說：「不辛苦，這裏有老頭子的氣息，他在陪著我呢。」說著老太太深情地看向老頭曾經待的地方，淚光一閃她又衝我笑了一下，繼續手裏的活計。

後來，這個開水間成了我關注的對象，我發現開水間的門一直風雨無阻地開著，並且裏面多了好幾把椅子，椅子上坐著幾個上了年紀的老人，他們和老太太聊著什麼，時不時地發出一陣陣笑聲。

遠山

作者簡介

遠山，本名顧麗敏，浙江省舟山市人。係中國散文學會會員、浙江省作家協會會員、舟山市作家協會副秘書長，現供職於舟山市文學藝術界聯合會。

曾在《青年文學》、《散文選刊》、《小小說選刊》等各級文學刊物上發表作品兩百多篇，有五十多篇作品入選《六十年小小說精選》、《二〇一〇中國年度小小說》、《二〇一一中國年度小小說》等各類文學選本。出版了散文集《水草長在藍天上》，並榮獲第四屆全國冰心散文獎；有多篇作品榮獲第十三屆全國小小說優秀作品獎、第八、九、十屆全國微型小說年度獎等。曾應邀參加第四屆全國冰心散文獎頒獎大會，中國鄭州第三、四屆小小說節，「中國小小說五十強」新聞發佈會等重要文學活動。

十七號旅館

他一上碼頭，徑直往左前方的一條鋪著青石板的小路走去。似乎，他對這個名叫布袋的小島地形非常的熟悉。

十七號旅館。他抬頭看了看院子牆門上面的門牌號，這個小島最有特色的就是一家家錯落有致的庭院式旅館。

「老闆娘，我還住三樓最靠邊的明軒齋。」倚在總臺邊，他笑容滿面。

「明軒齋已經有人住了。」老闆娘看著面熟的他抱歉地說。

「我可以等。」

他慶幸自己比她早到了七天，他一定要比她早到的，他還有許多事要做。

第六天，他終於住到了明軒齋。一進門就直奔衛生間，從口袋裏掏出那把鋒利的瑞士小刀，輕輕一彈就打開了洗手臺下面的木夾層。果然，他去年藏著的東西還在，用黑油布包裹著。

他拿過來，坐到了靠窗的籐椅上，細細撫摸著那黑油布。窗外是海，一望無際，他似乎看到了去年的那個傍晚，那個自己，那個她。

那是他第一次來這個小島，他是隨便在網上點擊時點到這個地名的，一個小島嶼，一個還保留著古老的傳說帶點神秘的小島。他從長白山下來，只帶了一把貼身的瑞士小刀。海風習習，濤聲輕柔。他第一次看到海，他很好奇，他更好奇，夕陽下的那個背影——修長、衣袂飄飄，他想起了安徒生童話裏那個海的女兒。

他走過去，慢慢地靠近她，他很想跟她說說話，他很擔心她，天快黑了，海邊沒有一個遊客，一個女孩子獨自站在海邊很不安全。他看看手錶，她已經整整站了一個小時了。她一直看著前面的那片海。他不好打擾，他怕她怪罪，尤其對於一個陌生的女人。於是，他也裝作欣賞大海的樣子站在她的旁邊。

突然，她轉過頭來，她說：「我叫清秋。」

他很納悶，她叫什麼關他什麼事呢。

她接著又說：「我知道你叫什麼名字，我知道你住在哪，你叫應濤，是住在十七號旅館明軒齋的房客，你住在明軒齋七天了，你是個畫家，你不停地畫不停地撕，你很煩躁，你很焦慮，你畫畫時落筆很重，你撕畫時很急，你情緒不穩，帶著很大的不滿，你像是要把生活和自己都撕碎了。」

她好看的嘴巴一張一合，一句句清晰的話從她的嘴裏慢吞吞地流出。

他驚訝地看著她，看著她看不清的眼睛，天都黑了，這個還戴著墨鏡的女人究竟要幹什麼呢？

「我就住在你對面的房間，紅藤閣裏的女人，從我的陽臺可以看到你的房間，你很粗心，或者說你已經不在乎，你不拉上窗簾，這幾天幾乎不吃飯不睡覺，你很糟糕。」她繼續輕輕柔柔地說著。

「那麼你呢，你一個人站在這裏也是……？」他手裏緊攥著那把瑞士小刀，迎著她問。

如果不是因為擔心她——很莫名其妙的，他居然還會去擔心一個陌生的女人，要不是因為擔心她的安全，此刻，他恐怕用那把瑞士小刀割了自己的手腕走向海裏了，他從長白山下來時就是這麼想的。他給了自己七天時間，如果在這個無人干擾的小島上，他用七天的時間還沒有構思出自己一幅滿意的作品，那麼，他就用這把瑞士小刀結束自己，他是個藝術家，對藝術充滿了極致的熱愛，如果沒有了靈感和創造，就等於死去。

「你終於問了。」她彎下腰，輕輕地撩起裙子的一角，「你看到我的左腿有什麼不一樣嗎？你不知道那天的舞臺有多漂亮啊，鎂光燈、音樂、天鵝湖，一切都佈置好了，一隻只白天鵝就要起飛了，可是，世事就是這麼難以預料，當領舞的那隻白天鵝剛從幕布後飛出來時，舞臺旁邊的一根管子倒了下來，那隻天鵝飛不起來了，後來醫生宣判了，從此不能再在舞臺上跳舞了。她撫摸著明顯纖細的左腿，聲音低了下來。」

「但是，路有千萬條，對不對？」少頃，她直起腰抬起頭，嫣然一笑，摘下了墨鏡，一雙大眼睛亮閃閃的，似裝滿了天鵝湖的水。

「扶我一把。」她把手伸向了他，「有很多攝影師替我拍過照片，但還沒有一個畫家為我畫過像，明天，你能為我畫一幅嗎？」

他把那隻緊攥著那把瑞士小刀的手緩緩地抽了出來，握住了她。

一輪旭日冉冉升起，海面上一片霞光，她就這樣面朝大海，靜靜地……他突然感覺眼前是多麼遼闊，似乎有一股強大的暖流激勵著他，他支起了畫架，運筆入神，從沒過的輕鬆和流暢，彷彿有一把鑰匙開啟了他的思想、靈魂。他把畫鄭重地交到她的手裏。

「我不要。」她輕輕搖頭，「你把它藏在十七號旅館裏吧，我們約定明年的今天一起來取。」

「明年的今天一起來取。」

他坐在靠窗的籐椅上，窗外是海，一望無際。滴滴滴，有短信提示，打斷了他的沉思，手機上顯示「清秋」兩字，他打開，看著看著，笑了。

第二天，他把那幅畫鋪平和那把瑞士小刀一起放在了窗臺上，離開了十七號旅館。

陽光透過玫瑰色的窗簾，把一朵一朵跳躍的玫瑰花灑在窗臺上的那幅畫上，熠熠生輝。

像水草一樣

二十多年前，我在小城租了一間上百年的老房子，全部是木結構。

開門就是兩公尺寬的青石板路。

雨天的青石板路總會響起有節奏的高跟鞋回聲。遠遠地，水草執著一把紙雨傘，娉娉婷婷地走來，幽深的小弄頓時鮮活。

弄堂兩旁的包子餛飩店裏那些男人的吆喝聲也變得柔和了。

當然，這只是我的感覺。

事實上，當水草婀婀娜娜的踏在青石板上，書境弄的兩排窗戶總會飄出一些女人刻薄的聲音：

「死鬼，看什麼看呀，把窗戶關上。」

「那騷貨，真不知道是什麼妖精投胎的。」

「澡堂太髒，不准再去。」

腳步聲漸行漸遠，小弄堂也歸於平靜。

這個時候，弄堂南邊的一個木格子窗是肯定開著的，伸出的半個腦袋也不管雨絲打濕了頭髮眉毛，目送著曼妙的身影消失。
那麼美的一幅江南畫，為什麼要遭人這麼非議呢？
母親有一天突然從老家趕過來，進門就要我換房子，說我一個人住在這個弄堂裏不安全。母親特別強調了這個弄堂——書境弄。
「聽說這個弄堂雨天會有妖精出現，妖精不是會迷惑書生嗎？」母親加重語氣。
「這書境弄的最西邊有個澡堂，從裏面出來的男人都失魂落魄魂不守舍的，這事都已經傳開了。」
當時的我非常頹廢，連續兩次落榜，一心作著作家夢，想在這個百年老房子裏寫出一部驚世之作。
七月的小城陰雨綿綿，弄得整個書境弄濕濕的，我喜歡在青石板上徘徊，那長長的弄堂看過去很整齊，只有十三號的兩扇窗在風雨中一張一合，述說著什麼。
整個秋季，我迷上了水草。
我刻意製造過多次跟她相遇的機會。
一次，我捧著一大堆書故意撞了個她滿懷，我的書全掉到了青石板上，水草沒有說一句道歉的話，當然，儘管這樣，激動和欣喜還是讓我幸福了許久。水草在紙雨傘傾斜時深深地看了我一眼，她的眸子晶亮，沒有一絲哀怨，裏面似有金子發光，唇色閃爍，彌漫開了一朵鮮花。

有天深夜，我被一陣急促的木板撞擊聲驚醒，我確定聲音是我房間左邊的木板牆中傳過來的。奇怪，沒聽說那房子裏住著人呀。

是妖精，當時我第一個反應就是妖精終於來了，卻一點也不害怕，似乎那是期待已久的事。

從後窗跳出去就可以進入隔壁發出求救聲的房子，如冥冥中的召喚，我用力撞開了木板門。

水草蜷縮在木牆邊，昏暗的小臺燈映著一件紅睡袍，發出幽幽的光。

「我不是自殺，是食物中毒，快救我……」

第二天我醒來時是趴在水草的病床上。事後我記起，夢中彷彿感受到小時候母親安撫我睡覺的溫暖，只是當時慘白的病房，慘白的水草讓我忘了很多。

「你一定聽說了關於我的很多版本吧？」

「你一定很好奇吧？」

「你一定很想知道我的故事吧？」

水草一口氣說了十幾個一定，我驚奇這個剛剛經過洗胃清醒過來的女子居然說話清晰、悅耳、動聽。

「你是不是想在我身上尋找寫作的素材？看在你救了我的份上，我不再另收你的錢了，但你得把脖子上的這塊玉佩作為酬勞給我，我才告訴你一些事，我從不做賠本的生意。」

最後，水草緩緩地說完這句話就轉過了身子。

我狠狠地扯下玉佩甩在她的枕邊，大步走出了病房，明顯有轟然倒塌的重物壓得我喘不過氣來。水草她不會知道，那刻，她的話是一把刀子。

天放晴了，書境弄的格子窗一扇接著一扇的打開，只有十三號的窗戶緊閉著。

我在裏面沒日沒夜地寫著，水草在我的筆下是巫婆是妖精是蕩婦是……

等我捧著厚厚的一疊稿子疲憊地走在青石板上，已經是半個月後了。從東往西，恍惚中似乎又看到了那個丁香一樣，撐著紙雨傘娉娉婷婷走來的女子。

「小夥子，你進來一下。」

在弄堂的最西邊，澡堂旁邊，一間寫著「阿貴算命」的舊房子裏傳來叫聲，我狐疑地走了進去，三個瞎了眼的老頭並排坐著，旁邊有個紙盒子。

「小夥子，等你很久了，這是草兒走的時候留下的，要我們交給你。」

紙盒子裏是我的那塊玉佩和一株枯萎了的水草。

關於水草的最真實的版本是：水草是個孤兒，水草在澡堂裏堅持只給男人擦背，賺取一點點錢，水草一直救濟這三個瞎了眼的老頭……最要命的是水草見過我母親，確切的說是我母親去見過水草。

這是我從三個老頭哽咽的敘說中得知的。

走出「阿貴算命」那間小房子，我那一張張稿子像一隻隻被雨水打濕的蝴蝶，匍匐在青石板上。

十年後，我偶爾在網上看到了關於水草的描述：水草是許多水生動物的棲身地和庇護所，卻也是許多動物——比如蝸牛、水鴨等的食物。但有一種水草，她的名字叫睡蓮，早上花蕊緊閉，中午花兒盛開，晚上又收攏花蕊，讓人們感到了一種生命的喜悅，成了永不衰竭的象徵。

我看到這段文字時，淚水弄濕了我衣服上的五顆紐扣，水草飄蕩在藍天白雲上，她的唇色到處閃爍，她的眸子晶亮，沒有一絲哀怨，裏面似有金子發光。

立夏

作者簡介

立夏，本名張海霞，浙江舟山人，中國金融作家協會會員、浙江省作協會員、舟山市作協小小說創委會副主任、專欄作家。現供職於中國銀行舟山市分行。

二〇〇八年開始文學創作，作品散見於《小說選刊》、《讀者》、《意林》、《格言》、《山花》、《青春》、《百花園》、《小小說選刊》、《微型小說選刊》、《文學港》、《中外文摘》、《青年博覽》、《天池》、《羊城晚報》、《南方日報》等數十家報刊雜誌。近十篇作品在全國各類微型小說比賽中獲獎，其中〈英雄〉獲第七屆全國微型小說年度評選一等獎，並獲騰迅讀書頻道「新中國六十年文學排行榜」小小說排行榜第七名。

作品多次入選各大出版社的微型小說選本，被北京、浙江、江蘇、山東、廣東、四川、雲南、黑龍江等數十個省市的中高考模擬考試作為現代文閱讀題。自二〇一〇年起，在當地報刊開設隨筆和微型小說專欄。作品集即將出版。

貝芬的森林

「哐噹」一聲，那幅畫就被爹從牆上扯下來了。

「都是被這玩意兒害的。」爹嘟囔著，提著畫搖搖晃晃往門外去了。貝芬絕望地看著爹出去。爹喝過酒，喝過酒的爹說一不二，貝芬沒敢吭聲。

島上的人都說貝芬被那幅畫弄傻了。

畫是好多年前來島上采風的劉畫家留給貝芬的，那時候貝芬才十歲，她經常跑到海邊看劉畫家畫畫，一看就是半天。

劉畫家走的時候慷慨地拿出幾張畫讓貝芬挑一張。貝芬一下子就喜歡上了那片森林，曙光從樹影間灑落，一條小路通向幽靜的遠方，隱約看得到兩隻彎角的小鹿站在路的盡頭回望。

「畫家伯伯，森林裏的樹真有這麼高這麼密嗎？」

「當然嘍，你長大後自己去看看就知道了。」

貝芬央求李木匠做了一個木框，恭恭敬敬地把畫掛在牆上，一掛就是十多年。

而現在，牆上只剩下一塊空曠的白了。

爹醒後，看貝芬的眼神便有些愧疚，無奈那幅畫終究已隨海水漂流，不知所終。

沒了畫的貝芬就像沒了主心骨，內心很惶然。她悶在被子裏結結實實哭了一天，就同意嫁了。

貝芬遲遲不肯嫁，並非不喜歡興旺。興旺是個捕魚好手，從小又和貝芬一起長大，知根知底。貝芬只是捨不得嫁。

漁村的姑娘一旦嫁了人，便要守著公婆孩子，整日裏忙著補網、洗涮。貝芬知道，嫁了人以後，她就去不成西雙版納，看不到森林了。

為了看到真正的森林，貝芬想過很多辦法。

她曾經沒日沒夜地替人織網補網，又去泥塗裏撿海瓜子、蛤蜊賣，攢了一個夏天的錢，然後偷偷求正財伯出海的時候把她帶出島去。結果正財伯不但不肯帶，還告訴了爹。爹說：「留著以後給你買嫁妝。」就把貝芬辛辛苦苦攢的錢沒收了。

她還曾經苦苦哀求娘同意她去外面打工，漁村的姑娘很少有外出打工的，娘不同意，貝芬就去求爹。爹一眼就看出了她的花花腸子：「你還是想去西什麼板的看森林是吧？我說你到那疙瘩去能幹些啥，撿小石子兒還是織蜘蛛網？你在這裏是一條活靈活現的魚，離開了海水，你怎麼撲騰也沒用！」

貝芬就只有看著牆上的畫發呆，那片似乎永遠也到不了的森林，愈發完美得令貝芬窒息。

嫁給了興旺的貝芬日子過得還不壞，但她卻總是不開心。回娘家的時候，她會看著牆上的那片空曠發上一會呆。

娘說：「買幅啥畫掛上去吧。」貝芬卻不肯，貝芬說：「不知咋的，看著這牆，我才能想像出那幅畫的樣子，在自己家，我咋怎麼想都想不起來呢？」

貝芬就常常回娘家，搬把竹椅，看著牆，眼神卻是虛的。畫很清晰，她甚至能看到每片樹葉的顏色，深綠、淺綠、嫩黃……

又過了幾年，貝芬的身後已拖了一個小尾巴森森。

森森很調皮，貝芬忙不過來，回娘家的日子也少多了。偶爾回去，看著牆，腦子裏剛剛冒出來森林的輪廓，森森便已經吵得她無法再集中注意力了。

貝芬只好無奈地拉著森森回家。

時間過得真快，不知不覺，貝芬發現自己快三十歲了。

興旺的船找到了大魚群，攏洋後的那幾天，家裏像過節一樣喜洋洋的。賣完魚，興旺神秘兮兮地說要送貝芬一件生日禮物，便去了縣城。興旺興沖沖地回來，只帶回來一張紙，貝芬拿著看，一直沒說話，卻有一顆又一顆的水珠落在紙上，把興旺的心也弄得濕濕的。

貝芬和興旺去旅遊了，目的地雲南西雙版納。

回來那天，所有碰到貝芬的人都問著同一句話：「貝芬，看到森林了？森林咋樣啊？」

貝芬一臉的開心：「森林當然好看的呀。」

爹和娘看見貝芬，也捺不住上來問，問的話卻跟別人一模一樣。

貝芬偷偷地瞟一眼門口，輕聲說：「哪有家好啊。」說著便看看興旺和森森咯咯地笑。

過幾天，森森去外婆家，驚奇地發現那塊空牆掛上了自己的照片，照片上的他，正歪著頭，甜甜地對著每一個人笑……

鑰匙

昨天，我把鑰匙丟了。

誰都知道，自從上次我丟掉一把鑰匙，惹了一連串的風波之後，我就和我的鑰匙形影不離。我把鑰匙掛在腰上，還特意把一個奧特曼的小掛件掛在上面。走路的時候，我時不時去摸摸鑰匙在不在，即使是睡覺，我也得把它放在枕頭邊才安心。老婆說：「你對奧特曼比我對還關心。」其實她不知道，奧特曼是我為鑰匙找的守護神，我關心的只有我的鑰匙。

可是現在，鑰匙不見了！

整整一天，我都處在恍恍惚惚的夢遊狀態。辦公室的小余哼著周杰倫的歌進來，他只對上網感興趣，對其他的事情都是一副滿不在乎的模樣。

「不就一串鑰匙嗎，再去配一串不就得了嗎？」

我說：「如果你回家，突然發現電腦沒了，你會怎麼樣？」

他愣了愣，乾笑一聲，走開了。

主管發現我送上去的報表錯了好幾個數字，大發雷霆，把我叫過去訓了一頓。

我說：「主管，今天犯錯是有原因的，因為我丟了鑰匙。」

主管詫異地看著我：「丟了鑰匙跟出錯有什麼關係？」

我說：「如果你今天回家，發現皮皮不見了，明天你也會出錯的。」皮皮是主管的心肝寶貝，一條純種的雪納瑞。

主管惱怒地揮揮手，讓我出去。

我走到昨天散過步的廣場，低著頭仔細地搜索著每一寸地面，我真的看到了一串鑰匙，我的心快跳出來了。但那串鑰匙上面沒有奧特曼，它不是我的鑰匙。我走完整個廣場，找到了一些紙幣和硬幣，一個玩具，一張照片，當然還有一些鑰匙，看來丟東西的人還真不少。

回家的時候天已經黑了，老婆交給我幾把新鑰匙，說：「家裏的門鎖都換掉了，你就別整天像丟了魂似的，丟了就丟了唄。」

新鑰匙拿在手上彆扭得很，我對老婆說：「如果明天你那些麻友突然集體失蹤，你得換一批麻友，你會不會習慣呢？」

我又說：「如果你把兒子每天抱著睡覺的泰迪熊藏起來，答應他明天再買一個新的，你看他會不會哭。」

老婆的眼睛瞪得跟桂圓一樣大，她重重地跺了一下腳說：「瘋子！」就不理我了。

從那天晚上開始，我就睡不著了，整夜整夜睜著眼睛想我的那串鑰匙。根據物質不滅定律，它們肯定還在這個世界上存在著，但它們到底在哪裏呢？

我在網上發了一個帖子，說我在廣場撿到了鑰匙，希望丟掉鑰匙的人前來認領，我還在帖子後面公佈了我的電話號碼。第二天我焦頭爛額地接了很多電話，甚至有三年前丟了鑰匙的也來找我。最後一個電話是警察打來的，說有人舉報我收藏別人的鑰匙，問我有什麼目的。接了這個電話以後，我就把手機關了。

主管對我已經束手無策，所以經理親自召見了我。

經理說：「你已經因為鑰匙的事嚴重影響了工作，公司近期正在考慮裁員的事，你可不要為了芝麻丟了西瓜。」

我說：「你現在是經理，如果你到了一個全是陌生人的地方，發現身上沒有一張名片，你還是經理嗎？」

經理驚懼地看看我，打電話叫主管進來，嘀咕了幾句。

沒過多久，我老婆到了，她一臉焦慮，把我領到一個醫院。醫生看上去挺空，我進去的時候他正拿著手機按來按去。我一進門，他依依不捨地把手機放在旁邊，一邊問我：「為什麼睡不著？你是怎麼想的？」一邊時不時拿眼睛瞟一下手機。

我說：「我想……我想你還是先把短信發完再跟我說話吧。」

現在，我住在一座大樓裏，每天按時吃飯、按時睡覺，我住的房間不用上鎖，所以我身上沒有一把鑰匙。有穿白大褂的人按時給我吃藥，我發現他們身上也沒有帶鑰匙，這讓我覺得很輕鬆。

那天我問隔壁房間裏的人：「你也丟了鑰匙嗎？」

他本來每天樂呵呵的，一聽這話，馬上變了臉色，驚慌地摸著身上的口袋，不停地說：「鑰匙呢？我的鑰匙呢？沒有鑰匙我怎麼回家呀？」

我冷笑了一聲走開了。很多人看上去很快樂，是因為他們不知道鑰匙已經丟了。

那天晚上我終於睡著了，還作了一個奇怪的夢。

夢裏奧特曼哭得很傷心，他面前有一大堆鑰匙，但找不到他守護著的那一串鑰匙了。

鳴雲

作者簡介

鳴雲，本名袁曉燕，湖南省的文學院第四期中青年作家研討班學員、湖南省作家協會會員、郴州市作協理事、資興市作協副主席。現供職於資興市人大常委會，任教科文衛委員會主任。

著有《遠山近水》、《花奴》及《資興民間故事‧彩圖本》。其散文、小說散見於《湖南作家》、《微型小說》、《短篇小說》、《羊城晚報》、《文化時報》等刊物，其中《花奴》獲全國紀念改革開放三十周年徵文小說類一等獎；《雲南行》在人民政協報等單位組織的徵文活動中獲散文類銀獎。應邀參加過「東江湖全國小小說創作筆會」、「湖南省知名作家九疑山文學采風創作活動」。

原來幸福也流淚

拿到這封信和信裏夾著的山茶花，小薇心裏一顫。這信是米子帶來的。

自從小薇生病住院，一直是米子照管著她，包括把小薇的換洗衣服拿回家，洗淨、烤乾熨平又送來。

知道自己在這世上沒有多少日子了，小薇流了很多苦澀的淚。

有一天，她對照看她的米子說：「小時候我們在一起的事，還記得嗎？你，我，還有小栗去後山看牛，小栗採了一朵山茶花送給我。這是我平生第一次，也是唯一的一次收到花呢。」

小薇一臉幸福的憧憬，說：「從那時候起，我一直以為自己有一天會成為小栗的新娘。」

米子望著日漸消瘦的小薇，心裏酸酸的。米子是個不擅於言語表達的人，這時候，他囁著嘴不知該對小薇說什麼，只是眼盯盯看著小薇，用心聽她說話。

「其實，我知道，人總有一天要到上帝那裏去報到。」她語調突然變得很憂傷，「可是我最大的遺憾是，從來沒有被人愛過。」

「小……小栗不是喜歡你嗎？你也……也喜歡小栗。」米子說著，把眼光移到窗外。

「不錯，我當初是很喜歡小栗，我感覺他好像也喜歡我。可是，畢業以後，就再沒聯繫過了。」小薇眼裏閃過一絲亮光，但很快就熄滅了。

米子知道，小栗就在離這座城市不遠的地方。前不久，他們幾個同班同學還在餐館裏撮過一頓。小薇不跟他們一個班。

「我真想問一句，他是不是對我也有過那麼一點點意思？如果有，我就心滿意足了。」說到這裏，小薇微微歎了口氣。

這些日子來，小薇因為身體原因，很少說話。今天說了這一通話，覺得很累。米子扶她躺下，蓋好被子。她閉上眼睛，一會兒就睡著了。

第二天，米子告訴小薇，他打聽到了，小栗大學畢業後到了另一個城市，最近外出考察去了，到春暖花開的時候就會來看她。其實，說這話的時候，米子知道，小薇根本等不到那一天了。

小薇臉上突然泛起兩朵紅雲，原本慘白的臉竟然顯出幾分嫵媚來。

不久，米子拿來一封信，說是小栗用伊妹兒發來的信。以後，小薇經常收到這樣的信。這些信寫得非常動情，每一封信都訴說著小時候在一起的美好、快樂，還有對小薇深深的愛戀。

看到小薇那副幸福、快樂的樣子，米子說：「小……小栗這傢伙，怎……怎麼這麼幸運呀，真叫人嫉妒死了。」

「誰叫你當初不追我。」

「爹娘沒……沒教過。」

「那是因為你沒愛過。當你真正愛上一個人的時候，是不需要爹娘教也會追的。」小薇顯得有些得意，好像手上有了幾封信以後，突然變成了戀愛專家。

米子盯著小薇問：「假如你……你是我，喜……喜歡上一個女孩，會怎樣？」

「像小栗一樣，送花呀。愛情是美麗浪漫的，多少年以後想起來都甜蜜、幸福……」說到這裏，小薇突然停住了，她知道自己沒有「多少年」了，不禁歎口氣低下頭去，眼角溢出淚花來。

小栗的信幾乎天天有，都是用伊妹兒發過來，再由米子刷出來的。

「米子，你發現沒有，小栗好有文采呢，他的信越寫越好，越寫越有感情。」她一邊讚歎，一邊揚著手裏的信。

「是啊，小時候在班上，老師總……總是讀他的作文，還說，我們那小地方要出……出作家，就一定是……是他！」

小薔突然歪過頭，認真看著米子，說：「你怎麼不長顆這樣的腦袋呢。」

她又一笑：「我們的米子說話都打結，要像小栗那樣會寫情書，我那床頭上都會開出山茶花來。」

她把信揣在懷裏，笑著閉上眼睛，不再跟米子說話。

米子知道，這會兒，小薇心裏一定在想著小栗。

每次接到小栗的信，小薇都像過節一樣高興。每天的這個時候，是小薇最開心的時候。可惜，小薇的病越來越重，昏迷的時候越來越多，清醒的時候越來越少。

這封信米子上午就帶來了，一直在等她醒過來。小薇的病床上，這樣的信已經堆了很多，像小山一樣。她經常把這些信不厭其煩地看來看去。讀到一些感人的句子，還會叫米子過來一塊分享。

小薇這一次昏睡了很久，醒過來已是下午。醫生一離開，米子便呼喊著小薇的名字撲到床頭，迫不及待把手裏的信遞給小薇。

小薇顫抖著手打開信，突然像被雷電擊了一下，心裏一顫，白而瘦削

鳴雲

的臉上剎時現出兩朵紅雲。

一朵山茶花！像剛採下的，潔白的花瓣，金色的花蕊。放到鼻子下輕輕一聞，一股蜂蜜樣的甜香味一下子溢開來。與此同時，一種幸福感直往上沖，小薇心眼裏全是笑，笑著笑著，眼淚情不自禁地往下淌。

「小薇，你……你怎麼又哭了？」米子慌忙遞過紙巾。

她將手一擋，用袖子擦了一下眼睛，眼淚再次溢了出來。

見她不住地流淚，米子慌了，囁囁地，趕緊安慰她：「你別……別傷心，小栗答應了，他……他一定會來看你的。」

「傻米子，你真不懂愛情呢，我這不是傷心，是幸福。好奇怪，人太幸福也會流淚。」

小薇像在笑，臉上卻流淌著淚花。

是這樣啊，米子鬆了口氣：「噢，那就好，那就好！」

三天後，小薇走了。小薇在人世間說的最後一句話是：「米子，想不到你說話打結，信卻寫得那麼好……」

槓爺

蔣爺生性愛抬槓，屁大的事也要爭出牙齒血。為此，他得罪了不少人，村東李二叔直到現在還記恨他。

隔壁村有個老庚，發了請帖請蔣爺喝討親酒。不巧，蔣爺那腿腳痛的老毛病又犯了，他只好把東古佬叫到跟前，很認真地交代：「這兩百塊錢給你打紅包，另外十塊錢給你作打摩托的路費。」

東古佬說：「我喝酒我出錢，用不著你掏腰包。」

「廢話！人家是請我，不是請你！」蔣爺擂著腿，鼓起脖子說。

東古佬明曉得老爺子又要抬槓，故意說：「既然是請你那還是你自己去吧。」

蔣爺兩眼一瞪：「廢話，我自己能拉屎還叫你脫褲？」把紅包往東古佬手裏一塞，容不得他的崽再說什麼，揮手催促道：「快走快走，莫誤了時辰。」

等東古佬出了門，蔣爺才發現，打摩托的錢忘了給他。

喝完喜酒回來，月亮已經躍上了屋頂，又有幾分醉意，東古佬一到家就像一筒大樹倒在了床上。剛要睡著，響起了敲門聲。沒等東古佬起來，門已被一根棍子戳開。房門口站著蔣爺。

「你給我起來！」老爺子說。

「我好睏，有事明天再說吧。」東古佬睡眼惺忪。

「這事能過夜的？能過夜的事我還找你！」

聽老爺子這麼一吼，東古佬真以為有什麼大事，一激靈，人醒了，酒也醒了一半。他揉揉眼睛，問：「何事這麼急？」

「廢話。我問你，你去喝酒是走路還是打摩托？」蔣爺用棍子點著門檻問。

「當然是打摩托啦。」

「這就對了，打摩托的錢，拿去！」老爺子把手一伸，巴掌上攤著十塊錢。

東古佬哭笑不得，嘟囔一句：「怪不得別的妹子都不想上我家的門。」

「廢話。我不靠你，是為你好。」

臨走時，老爺子用棍子指指東古佬，又指指自己，說：「記住，你就是你，我就是我。」

這些天，東古佬天天蠻晚才回，一回屋就倒在床上唉聲歎氣。蔣爺看不過眼，只好拄著棍子問東古佬到底有何煩心事。開始，東古佬像十二月的蛤蟆，死不開口，被問得煩了才捅出一句：「反正跟你說也白說，你是不會答應的。」

什麼話？蔣爺一聽，還沒開口，心裏已經犟上了：「你小子，今天我非要你說不可。」他默了默神，說：「你少套我的籠子。」

「你是爺，我是崽，我哪敢套你的籠子。」東古佬沒好氣地說。

「那你放屁乾脆點，何事？」蔣爺拿棍子輕戳一下崽的屁股。

東古佬欲言又止：「算了，還是不說吧，免得你老生氣。」

「廢話。你肚裏有幾條蛔蟲我還不曉得，你肯定是喜歡上哪家妹子了。」蔣爺顯出幾分得意，「說吧，哪家的妹子？要多少彩禮？」

東古佬搶白道：「人家才不是你想的那樣呢，她只是……只是……」

果然猜中了！隨即，蔣爺做出生氣的樣子，舉起棍子說：「你……你是不是要我打三棍子才肯放出屁來！」

東古佬兩手一擋，做出一副投降的樣子，說：「打住，打住，我說，我說。」

原來，東古佬找了個女朋友，不是別人，正是村東李二叔的女兒琴。琴發下話，蔣爺不上他家的門，她就不上東古佬家的門。這事讓東古佬愁死了。

其實，蔣爺和李二叔並沒有什麼深仇大恨，全都是蔣爺愛抬槓抬出的「禍」。那年，蔣爺跟人抬槓抬到臉紅脖子粗，相互之間僵持不下。李二叔好心好意做和事佬，哪曉得蔣爺抬槓抬出了犟脾氣，硬要認死理，還衝著李二叔說：「你看看，這明明是癩子腦殼上的蝨子，明擺著嗎？」正好李二叔頭上沒兩根頭髮，一聽這話，像受了奇恥大辱，扭頭拂袖而去。

現在要蔣爺上李家的門，這不是要丟蔣爺的老臉。

剛才聽了東古佬的話，老爺子半天沒作聲。

「我說了你不會答應嘛？都是我多嘴。」東古佬不滿地說。

「要我……這話是琴說的，還是她老爺子說的？」蔣爺有些遲疑地問。

「管他誰說的，你只說你去還是不去？」東古佬兩手撐著床沿。

「不去！死李老倌太沒肚量，他明明曉得我不是故意氣他的。」

「你有肚量，你上門去說個清楚。」東古佬爭辯道。

「這是長輩間的事，關你們晚輩人屁事。」蔣爺拿棍子用力戳了戳地。

「怎麼無關？」東古佬愣愣地問。

「嘿嘿，豬腦殼不長記性，我說了，你就是你，我就是我，我不靠你。」蔣爺得意地笑笑。

東古佬見老爺子這麼犟，一下癱倒在床上，只一會便爬起來，眼裏閃動著火星：「打個賭，你真的不靠我。」

「我有錢有屋，不靠就是不靠。」蔣爺抬起下巴揚起臉。

「那好，百年那天你去了，自己挖個坑跳下去！」東古佬麻起膽子大聲說道。

蔣爺一怔，傻了眼，半天沒有回過神來。過了好一會，他才提起棍子，默不作聲地走出了東古佬的房門。

「明天李二叔六十大壽，你不去，我去！你就是你，我就是我！」東古佬朝老爺子的背影高聲嚷道。

當地有個習俗，過生日不下請帖，曉得信便走攏去。

第二天，村東頭熱熱鬧鬧，鞭炮聲一陣響過一陣。

早到了開席的時辰，李二叔卻遲遲不喊開席。正當大家等得不耐煩的時候，突然聽到外面有人喊——

「李老倌，你雞腸子裝不進二兩穀，好沒肚量，過大生日也不搭個信。你是抬槓沒抬贏我，喝酒也怕喝不過我吧?!」蔣爺拄著棍子，提著一掛鞭炮，連說帶吼闖進來。

「開席嘍！」李二爺高喊。

「開席嘍！」東古佬跟著喊道。

剎那間，鞭炮齊鳴，歡聲笑語回蕩在整個村頭村尾。

李二爺和東古佬一左一右把蔣爺擁進屋，扶他坐了上席。

李豔霞

作者簡介

李豔霞，黑龍江伊春市人，係黑龍江省作家協會會員、黑龍江報告文學專業創作員、省散文詩協會會員、伊春市作家協會名譽常務理事，現供職於伊春市文聯。

先後在《人民文學》、《山西青年》、《北方文學》、《天池》、《小小說大世界》、《金山》、《短小說》等文學報刊發表作品近五百餘篇（首）。著有長篇小說《捲入纏綿》、散文集《彩霞飄飄》、詩歌集《春天裏的空房子》；出版報告文學集《綠色的呼喚》（綠色不是夢）、《綠色的呼喚》（為了綠色）、《小興安嶺人物》（情鑄警魂）和《小興安嶺人物》（建設者之歌），及散文集《絕對慰藉》、小小說集《那夜，蜚短流長》。微型小說〈你與子〉收錄《值得中學生收藏的一百篇小說》，微型小說〈庫爾濱河畔〉獲得全國第八屆微型小說大賽二等獎。

庫爾濱河畔

靜靜的庫爾濱河繞過小興安嶺北麓，蜿蜒東流……

庫爾濱河北，隔大片的草甸子有條黃土公路。此路距市區有近百餘公里，離烏伊嶺鎮也有四十多里地。

在一個流火的七月，地質勘測隊來到這個山腳下，用軍綠色的帆布帳篷支起了簡單的營房，安營紮寨。

小玲是地質勘測隊裏唯一的女同胞，又是最年輕的靚妹子。她負責十名隊員的給養工作。小玲住在帳篷的緊裏邊，中間一張中密度板當牆與男同胞隔開。隔壁是領隊邵雄，依次十幾名兄弟在一張大板鋪上排開……

夜深人靜，小玲聽得到那些男人參差不齊的鼾聲，像天空時隱時現的悶雷。還經常聽得到隔壁循序漸近的淅瀝聲，像鼓點，又像珍珠落玉盤，讓小玲心驚肉跳。

跟男人在一起工作總有些受約束。大熱的天，小玲也捂得嚴嚴實實。然而，「鶴立雞群」總會被人注意。特別是小玲那白裏透粉的臉蛋，像粉紅的水蜜桃灼灼逼人，讓人渴望。加上小玲嫵媚動情的眼睛，以及她寬鬆的黃色T恤衫並沒有擋住她那凸起的「神秘峰」。就連傲氣凌人的二牤子也讚歎小玲的麗質。二牤子是隊裏的汽車司機，人有些懶惰，平時吊兒鋃鐺、心直口快，小玲挺煩他。

他願看小玲的倩影，看小玲窈窕迷人的身姿。但二牤子清楚得很，小玲愛的是邵雄。邵雄不但人長得帥氣，又有領導才能，還是游泳健將。邵雄與小玲眉目傳情的神韻讓二牤子嫉妒死啦。

每次二牤子和小玲下山購貨，邵雄都再三叮囑炊事班，給下山的人留出飯菜。其實是多此一舉，購貨的人還會餓著？

這天，小玲又乘二牤子的解放牌大汽車下山，到鎮上購貨。藍色的車頭抖瑟了半上午才到鎮上。兩人在鎮上轉了兩圈終於把貨物購齊：鹹鴨蛋、榨菜、腐乳、茄子、油豆角、土豆、乾豆腐等等，裝了滿滿一大汽車，滿載而歸。汽車剛出鎮登上山路就熄火了。汽車出了什麼故障？二牤子跳下車檢查「病因」動作很俐落，捅鼓兩下又跳到駕駛樓。他讓小玲下車用「繞把」幫忙啟動。小玲按照二牤子的指揮操作，他在車上加大油門……

二牤子居高臨下看小玲的身姿，那曲線映入了他的眼簾。他不但能看清小玲繃得緊緊的牛仔褲下面屁股蛋的弧線，還能夠通過她傾斜的前胸，從領口處暸望到她那裏面的佈局。瞬間，一股暖流湧上他的心頭……

發動機終於啟動了，小玲登上了駕駛座。二牤子將毛巾遞給她，讓她擦擦手上的油漬，順勢摘掉刮在小玲頭上的樹葉，接著幫她去擦鬢角，被小玲用手攔住。她從汽車的反光鏡中看到二牤子的目光火辣辣的，直射在她那「神秘峰」上。小玲立即端正了一下衣襟，挪動一下雙腿，與他盡量保持著距離。她心裏卻突突直跳，想冷言打擊他的積極性，欲言又止了。

汽車運行了大約有兩公里，天陰了下來。黃土公路兩旁的樹林子嘩嘩作響，樹枝被風吹得像放不好影子，烏雲像天宇中飛翔的蒼鷹，急劇的風暴帶來絲絲冷意，接著一場暴雨臨盆了……

二牤子搖上車窗，把自己的工作服脫下來給小玲披上，他露出健的膀子，胸大肌直顫動，讓小玲很難為情。這樣的搭檔實在讓她不自在。

一路風雨兼程，他們終於到達了營寨。邵雄正身著雨衣，拎著雨傘等候在路口。小玲見到邵雄喜出望外，邵雄急忙開傘護送小玲進營房。二牤子真嫉妒，一路上都沒聽到小玲說知心話，見到邵雄她卻眉開眼笑，打開了話匣子。

二牤子和邵雄無法比擬，他對小玲的愛慕比起邵雄的溫柔、浪漫，簡直遜色多了。邵雄知道小玲喜歡吃山都柿便到草塘裏去採，然後偷偷送到小玲的床頭；邵雄還經常寫些朦朧的小詩拿給小玲看。小玲覺得含蓄是美麗的，她深深感到邵雄是個細心、會體貼人的優秀男人，是激情和浪漫架設起她和邵雄愛情的七彩橋。

然而，時間過得如此之快。轉眼之間，勘測隊野宿一個多月了，再過兩天，勘測隊就要撤離。這樣一來，小玲有種失魂落魄的感覺，竟對戀戀不捨。邵雄也有同感，並且這樣耳目一新的感覺平添浪漫情懷不說，邵雄又能獲得一種優越感、勝利感。

在即將告別這段勘測生活的時候，他們的心裏都有一種渴望想要表達出來的激情。

這天夜裏，大雨傾盆，兄弟們早已入睡。板牆那邊的小玲聽得清邵雄的喘息聲，她斷定他沒有睡，心按捺不住地忐忑不安起來。邵雄聞得到從小玲那邊散發出的香氣，讓他產生遐想。第六感覺告訴他，小玲的臉正對著牆，彼此的唇近在咫尺。這不由讓邵雄想到平日小玲那紅色的芳唇，像一束跳躍的火焰，燃燒著他的心……

此刻，難以入睡的二牤子也思緒萬千，想入非非。邵雄與二牤子挨著，各自的反應彼此都有很敏感。二牤子一想到小玲那「神秘峰」裏的風景，身體裏便有種東西湧動著，真想跳出被窩。想著想著，一股衝動，二牤子跳出了被窩……在同時，邵雄轉輾了一下身子，咳嗽一聲。二牤子有些警覺，朝門口走去……馬桶裏又發出了淅瀝的熟悉聲……

整整一個夜晚，各自的火熱激情都沒有引爆。當東方露出了魚肚白，雨已完全停止。

又是一個豔陽高照日。小玲扯下被罩、床單和兄弟們的髒衣服拿到河裏清洗。一夜間，河的水位上漲了近一米，水溫驟然下降。小玲洗著、洗著，急流沖跑了邵雄的工作服，小玲淌河去追。突然，一個陷坑使她消失於水面，只傳出了一陣急促的呼救聲……

當人們聞訊趕到，小玲的頭被漩渦捲得時隱時現。邵雄在岸上指手畫腳，呼喚會水的人趕快前去營救，人們躊躇不前。這時，二牤子意識到救人已是刻不容緩了，便一頭扎進河裏。他奮力托著小玲的身體推出了漩渦。就在頃刻之間，冰冷的河水、急劇的浪濤將二牤子的四肢冰得麻木了，肆無忌憚的洪水擊垮了他最後奮爭的力量，捲走了他。

當二牤子的屍體從庫爾濱河裏打撈上來時，激流撥去了他身上的布絲，裸入人們的眼簾。小玲瘋狂地搖著他的胳膊，呼喚二牤子的名字。邵雄見狀走過來安慰泣不成聲的小玲，而邵雄再也感受不到昔日的小玲對他的那種熱情。小玲以睥睨的目光望著他，讓邵雄有些膽怯。小玲明白邵雄怕的是什麼，明白他這位游泳健兒在關鍵的時候想的是什麼。終於像誰借給她一雙慧眼，看清了眼前的一切。

小玲和隊員們拆掉那張中密度板，做成了一個簡單的靈柩，將二牤子的遺體運走……

感動

兒子六歲的時候，父親三十三歲。

父親帶著兒子去逛商店，兒子看見商店的櫃檯裏擺放的電動玩具汽車，扯著父親的衣襟非得要買下來。父親堅決不肯買，兒子決不肯讓步，最後兒子挨了父親一頓打才肯離開。

儘管回去的路上，父親用他賣掉苞米掙來的十元錢為兒子買了一本《新華字典》，希望兒子能高興，但是兒子的心裏還是在嫉恨父親。

兒子十六歲的那年，父親四十三歲。

兒子在網吧裏正與同學玩得盡興，父親闖進來，兒子被父親氣嚷嚷地扯著襖領連踢帶罵拖出網吧的大門。同學們的一陣哄笑讓兒子差點鑽進地縫裏。

儘管回去的時候，父親用他賣掉油豆角掙來的三十元錢，給兒子買了一本《中考百題解疑》送給兒子，但在兒子的內心還在生父親的氣。因為兒子不知明天怎樣面對同學。

兒子十九歲那年，父親四十六歲了。

在送兒子去上大學臨上車的時候，父親用賣掉豬崽掙來的三百元錢，給兒子買了一張臥鋪票。車快要開的時候，父親像突然想起了什麼，急忙解開鞋帶，將鞋墊掏了出來，讓兒子墊上。兒子並沒有感動，還是不理解父親，為什麼父親偏讓兒子報考經濟管理專業？而兒子喜歡電腦應用。

兒子二十三歲那年，父親五十歲。

兒子暑假回家，發現父親的鬢角增添了許多白髮，腰明顯比從前彎曲許多。父親只是一個勁兒地盯著兒子笑，反覆地問兒子想要吃什麼。兒子覺得父親真的變了。

儘管父親不再發號司令，可兒子這次卻主動扛起鋤頭下田鏟地去了。父子倆第一次彬彬有禮，相敬如賓。

兒子二十五歲那年，父親五十二歲了。

父親依然蹲在集市賣自己家田園的蔬菜。蒼老的容顏如八月再一次經歷了秋霜。兒子卻長高了、粗壯了、精神多了，特別是穿上一身工商制服顯得神采奕奕。當兒子穿上這身服裝到市場行政執法時，肩上的紅盾在父親眼裏閃閃發亮。沒等兒子走到父親跟前，父親事先把錢數好，準備交管理費。兒子剛想說什麼，父親伸出手，那一張張皺巴的零錢在父親手心裏潮濕地直冒熱氣。當兒子把那些零錢握在手裏時，竟隨著心律一起跳躍……

兒子很激動，有些內疚！

父親很從容，有些自豪！

當日晚上，兒子寫了一篇文章：〈平凡的感動〉！

盧群

作者簡介

盧群，江蘇大豐人，江蘇省作協會員。

二〇〇六年起開始文學創作，已在《天津文學》、《百花園》、《雨花》、《特別文摘》、《上海故事》、《天池小小說》、《小小說選刊》、《小小說月刊》、《諷刺與幽默》、《短小說》、《中外童話》、《博愛》、《文苑》、《江門文藝》、《金山》、《江蘇工人報》、《中小學語文報刊》等報刊上發表文學作品近三百篇。有多篇作品被轉載和獲獎，其中，〈父親的心事〉、〈譚鞋匠〉、〈刺繡皇后〉獲第七、八、九屆全國微型小說（小小說）評比二、三等獎，出版集子《美麗三人行》、《菊花盛開的季節》、《母親的眼淚》。

父親的心事

父親變了，變得讓人匪夷所思。

那天晚上，我正在書房批閱文件，父親進來說：「強兒，我想同你商討件事，有空，有空嗎？」

「有空，有空。」我連忙迎上前。

要知道，父親向我討教可是大姑娘上轎第一回，我沒有理由不受寵若驚。

父親並不理會我的驚訝，徑直說道：「市委黨校讓我給青幹班學員上幾節古詩文欣賞課，我思量，這些學員是各條戰線的精英，肩負著兩個文明建設的重任。南宋哲學家呂祖謙曾說過，當官之法，唯有三事，曰清、曰慎、曰勤。意思是講官員倘若為官弄權，不乾不淨，必然心生私利與邪惡，其結果必然失民心，失天下。古代官吏尚知得民心者得天下，當下為官者對此更應有深刻的認識。因此我想選擇一些體現勤政廉潔內容的古詩文為教材，在指導欣賞古詩詞的同時滲透一些做人的道理。只是我乃一介布衣，這樣做是否有點越俎代庖？」

父親說這些話時，幾乎是一氣呵成，完全沒了平時的慢條斯理。

面對父親的期待，我來不及多想，連忙說道：「爸，您曾經說過，教師的職責是傳道授業解惑，教師不僅要傳授給學生知識，更應該傳授給學生做人的基本道德。您既然是黨校聘請的教員，那些學員就是您的學生。況且廉政建設是這次青幹班的重要內容，您的選擇真是再合適不過了。」

父親見我如此說，眉毛先是揚了揚，接著含笑點了點頭。我知道，那是父親的習慣性動作，是對圓滿回答問題的學生的獎勵。

目送父親離去，我突然疑惑起來。父親到黨校兼課也不是一次兩次了，為何這次如此慎重？是顧及自己的形象？還是為了我的聲望？我不得而知。

之後我出了一趟差，回來後腳跟還未站穩，父親就跟了進來。看得出來，父親有話要說，且是醞釀已久，果不出所料。

父親揚了揚手中的資料說：「強兒，再向你討教個問題。白居易在〈卜居〉中感歎自己『遊宦京都二十春，貧中無處可安貧』。可是他二十七歲進士，從周至縣令至校書郎，後來拜翰林學士，官居五品，怎麼會連房子都買不起呢？」

我說：「白居易信守做人要謙遜誠樸的操行，為官要愛民濟民的職責，為官期間敢於直言，針砭時弊，以至得罪權貴，被貶司馬。似他這般『不識時務』，居無定所便在情理之中了。」

父親聽後微笑著點了點頭，然後意味深長地看了我一眼。父親的這種目光我是再熟悉不過了，它是一種勉勵和期盼、一種關注和疼愛。只是滿腹經綸的父親居然會討教一個連中學生都懂的問題，這再一次引起我的警覺。

當晚我向妻說出心中的疑慮。

妻沉思了一會說：「也許是因為你當上了七品芝麻官，爸擔心你為官不仁，在敲你的邊鼓呢。」

我說：「既如此，爸為何不明說？非得來個『曲線救國』！」

妻說：「虧你當了三十八年爸的兒子，爸的為人你不清楚？他是顧及你的自尊心哩。」

妻的話讓我一下子醒悟過來。是啊，執了一輩子教鞭的父親之所以深得人們的敬重，除了他的師德高尚外，便是他那獨具魅力的人性化教育方法了。看來我該向父親袒露心跡了，否則他老人家還會「不恥下問」的。

果然次日中午的餐桌上，我剛剛端起飯碗，父親就神秘地對我們說：「最近我看了王鋼寫的題為〈包公臉上的指痕〉的文章，說的是開封府題名記碑上鐫刻的一百三十八任知府名單中，除包拯的名字幾乎被磨光外，其餘人的名字均保存完好，你們知道這是為什麼嗎？」

父親說完目光朝眾人梭巡了一遍，最後定格在我的臉上。很明顯，父親是想讓我回答問題。

幸好那篇文章我也仔細讀過，於是立即答道：「包拯的名字是被深愛他的百姓撫摸掉的，是被歷朝歷代的遊客撫摸掉的。包拯執掌開封府雖然只有短短的一年零三個月，可是他的名字已譽滿天下，他的故事已傳揚千年。爸，這些日子我一直在想，黨和人民這麼信任我，讓我擔當全縣人民的領頭羊，我唯有像包公那樣，恪盡職守，廉政勤政，自覺接受監督，全心為民服務，才能對得起黨和人民的厚愛和重托啊。

「好，好，就等你這句話！」父親不等我說完就擊掌叫好起來，那是父親在看到最滿意的答卷時才有的神態。

望著父親欣慰的笑容，我知道，父親這下該稍稍放心了。

吹手

鬥龍鎮最好的吹手，當數吹翻天和嗩吶王。

吹翻天生於嗩吶世家，十歲時就已是嗩吶高手，無論什麼曲子，只要讓他聽上兩三遍，准能吹出個鳥語花香的春天。說起他的綽號，這裏還有個故事。

那年，吹翻天參與一位長者的喪葬儀式。進得門來，見整個靈堂竟無半點悲傷氣氛。幾個孝子賢孫，無論是忙著的還是閒著的，都是一臉的輕鬆。原來死者生前患有老年癡呆，瘋瘋傻傻的鬧騰了好幾年。久病無孝子，多年的拖累早已銷蝕了家人的耐心和孝心，離去對於死者或是生者來說，都是一種解脫。可是吹翻天卻不這麼想，他認為，人生最痛苦的莫過於生離死別，老人辛辛苦苦一輩子，不就是圖個家業興旺兒孫孝敬嗎！於是擰緊眉頭，運足氣力，隨即，一聲撕心裂肺的〈哭皇天〉就轟然炸響，把一個郎朗晴天吹得暴雨傾盆。

一曲〈哭皇天〉，哭倒一群人。從此，鬥龍就多了個能「呼風喚雨」的「吹翻天」。

嗩吶王原是部隊的一個小號手，從當上司號員起，軍號就成了他的「隨身帶」，一有時間就拿出來練習，三個月不到就把軍號吹得分外嘹亮。

不久，團裏召開文藝晚會，要求每個連隊都要出幾個節目。連長東拼西湊費了很大勁，最後還差一個節目沒有著落。無奈之下，連長只好趕鴨子上架，命令小號兵來一個嗩吶「獨奏」。

小號兵軍號雖然吹得好，嗩吶卻是門外漢，要想達到登臺表演的水準，一切必須從頭學起。

小曲好唱口難開，嗩吶好聽卻難學。為了練好嗩吶，小號兵的嘴唇吹破了幾層皮，腮幫子腫得像發了的麵糰。功夫不負有心人，演出那天，當小號兵身著對襟黑襖，腰紮紅色綢帶，一身典型的「老蘇北」出臺亮相時，滿堂沒有一個不叫好的。掌聲未停，鳥叫聲、蟲鳴聲已此起彼伏，熱鬧無比。只見小號兵一會兒將嗩吶指向長天，一會兒又把嗩吶湊近大地，誇張的肢體語言，高超的吹奏技巧，將一曲〈百鳥朝鳳〉演繹得淋漓盡致。從此，小號兵就成了部隊的嗩吶王。

十年寒窗無人曉，一朝成名天下知。嗩吶吹熟練了，在農村就是香餑餑了。逢到紅白喜事，他就成了除主人外的第二主角了，所有的鈸、鼓、鑼、笙都要圍繞著他來行調，吹嗩吶的自然成了人們關注的焦點。嗩吶王轉業時，吹翻天的吹奏班子已紅遍門龍。嗩吶王本來有個很好的工作，終因割捨不下這個愛好，不久也組建了個樂隊。

一山容不得二虎，嗩吶王這一參與不打緊，吹翻天的江山就少了半壁。蘿蔔青菜，各有所愛。以後村人再有事時，偏愛吹翻天的自然邀請吹翻天，鍾情嗩吶王的自然聘請嗩吶王。商場如戰場，沒什麼好計較的。偏偏吹翻天和嗩吶王極愛面子，每當遭遇冷板凳，心裏就憋悶得厲害。當然，吹翻天和嗩吶王都是極有涵養的人，心裏再不痛快也不輕易表現出來。兩家的婆娘就沒不一樣了，遇到時說話常常夾槍帶棒的，有時甚至還遷怒於主家。如此一來，再有人家辦事時，為避免得罪人，經濟好一點的兩套班子都請，經濟差一些的只好捨近求遠另請他人了。

如果兩套班子碰到一起，一場比試是少不了的。往往客人還未進場，好戲就已開鑼。你學幾聲鳥叫，我來幾聲牛哞；你把〈天仙配〉吹得恩恩愛愛，我把〈走西口〉吹得纏纏綿綿。你扭著秧歌給主家送「壓福」，我端著酒盅給大夥兒奉「驚喜」……一聲聲嗩吶如金蛇狂舞，纏住了每一位聽眾的心。

鎮裏開展新農村建設以來，村支書覺得兩家總這樣較量著不太妥當，就找兩家人協商，建議逢單吹翻天出征，逢雙嗩吶王掛帥。兩家欣然接受，從此，只要是雙日，哪怕是自家辦事，吹翻天也絕不染指半分。嗩吶王也一樣，如果是單日，即便主家再三請求，也不會領命前往。

誰知平靜的日子沒過幾天，吹翻天和嗩吶王又悄悄攀比起來。二〇〇〇年春，吹翻天出資為村圖書室購進了一批新書，嗩吶王聞之隨即幫村小學添置了幾臺電腦；二〇〇五年夏，吹翻天收養了一名孤寡老人，嗩吶王跟後就資助了三名特困學生；汶川地震期間，吹翻天一出手就捐出了一萬元。嗩吶王不甘示弱，不僅捐出了相同金額的款子，還獻出了四百毫升鮮血。去年，村裏土地被開發徵用，大多數房屋都在拆遷行列。為了獲得較多的補償，一些村民忙著添磚加瓦植樹造林。吹翻天卻紋絲不動，第一個簽訂了搬遷合同。嗩吶王有一子一女，女兒雖然出嫁，戶口仍在家中，按照規定，也可以申請一套農民公寓。可是嗩吶王卻說：「嫁出去的女潑出去的水，女兒的房子就免了。」

前不久，吹翻天出了趟遠門，回來驚聞嗩吶王因車禍已成植物人。吹翻天立刻趕到醫院，抓住嗩吶王的手搖晃著說：「老夥計啊，咱們的比試還沒有完呢，你怎麼能躺倒不幹？你如果是條漢子就給我站起來，否則就是到了陰間我也看你不起。」

話音剛落，已昏迷了幾天的嗩吶王，竟然有了甦醒的跡象。

林美蘭

作者簡介

林美蘭，福建泉州人。中國微型小說協會會員、福建省作協會員，目前為泉州某電腦公司總經理。

在《福建文學》、《山東文學》、《青春》、《百花園》、《小小說月報》等刊物發表過作品。出版過微型小說集《火鳳凰》。二〇一一年曾隨中國微型小說代表團去美國訪問。

一九九九年〈缺席〉獲百花杯優秀獎、二〇一〇年《未來將軍》獲華夏杯二等獎、〈手隨心亦一起飛〉獲第九屆微型小說三等獎、〈火鳳凰〉獲「中華頌」徵文一等獎、〈后羿射日〉獲「羲之杯」一等獎、〈只恐夜深花落去〉獲「祖國好」一等獎、〈瞄準〉獲《小說選刊》第二屆全國小說筆會小小說一等獎，並去北京參加筆會，二〇一二年〈家屬急事短信〉獲「祖國好」一等獎。

夢幻船

這天，我毫不留戀地逃了出來，逃出本屬於男人自己的家。節日裏，人往哪兒走？無家可歸，我便上公園進入「超級世界」，上了「夢幻船」。

好一艘色彩絢爛而光怪陸離的船喲！駕船老漢富有哲理地說：「人總是擁有而不能珍惜，懂得珍惜時卻已經失去。」

我不管它氤氳著生命體驗的什麼看不見、說不清的心理團塊。我傻愣愣地進包廂，選擇一個座位坐好，按螢幕指示繫好安全帶，聽說「升空了」，我隨著「砰」地一聲響，心就懸在半空，越過一段時空，便降落在一個空曠無垠的地方。到處是虛松貧瘠的沙礫地，樹木絕跡，寸草不長，連最低等的植被也不見。真他媽的一個什麼世界？我愣怔半日時，螢幕又出現指令：「嘉賓，你做的是『奔月吳剛』遊戲。請你做天天砍樹的吳剛。」噢，我腳踏在月球上了。

在荒無人煙的地方，沒說話對象，沒事可做，我百無聊賴，心想既然花錢要玩就進入角色吧，便抓過一把斧頭，到外面尋找桂花樹。詭譎的空間裏，一切都非自然態！桂花樹儘管枝繁葉茂花香，但卻全是假的，枉有橡樹般堅韌挺拔的枝幹。我掄斧子砍去即被彈回，手麻麻有點疼。桂花樹枝兒葳葳蕤蕤，船形葉兒翠綠欲滴，黃花骨蕾兒泛香四溢，倒是令人鼻目振顫，感覺它有點可愛。可它的忸怩作態叫人打心眼裏不舒服，我用力再砍它一下，它裂一條縫隨即又合上了。但無所事事的情勢所迫，我只好一下下地砍啊砍，猶如薛西弗斯推石上山推啊推的，把家人、群體丟一邊，整日裏做著單調乏味又無意義的動作，渴了喝點水，餓了吃點麵包，乏了躺下歇憩。砍了幾天幾夜，桂花樹依然枝繁葉茂花香，我的「砍功」完好無損它美好的外觀，真叫人心灰灰意懶懶，渾身乏力。我歇著閉目養神，祈求有點什麼入我夢中。然而諦聽到的僅有月宮的死寂淒涼。民間談的蟾宮桂樹，搗藥玉兔，及奔月嫦娥，都是子虛烏有的幻覺，更別想欣賞「寂寞嫦娥舒廣袖，吳剛捧出桂花酒」的優美境界了。

說及嫦娥，那個美好傳說舒徐畫卷。嫦娥是煩膩人間只吃烏鴉炸醬麵單調乏味的生活，才偷吞丈夫的仙丹飛上一碧如洗的天上去的。而我，「吳剛」是如何逃離家庭，被一下子無情地拋出地球呢？我……茫然四顧，思如飛鴻，我想念妻子。女人真行！她結婚來到一個陌生、排他的家，竟一株木棉般枝繁葉茂花彤紅，迅速成了家的主人翁，廚房是她施展才能上「第二班」的天地，廳堂是她駕馭得心應手的船隻，任她遊行自如的港灣，而房間更是她頤指氣使、呼風得雨的生存空間。我飯來張口、衣來伸手時，桌子被她佔據，櫥櫃任她安排，我常坐的沙發也堆滿她的東西。家處處是她的活兒，也處處是她的「陣地」，只有席夢思上有容我睡覺的一塊極小的空間。喲，我的媽！自從女兒出世，我更無立身之地。噓！說出來怕人笑話，那天，我的褲衩、背心竟被混在妻的乳罩和女兒尿布間……我一時哭笑不得，覺得自己是一個多餘人，才逃出了家。

在凡間，我不屑聽人說風花雪月中，唯有女人才能站成天地間最美好的風景線的話，卻在我做了「奔月吳剛」後，竟開始感覺天地間最美好的總和女人連在一起了。春天花蝶弄影，炎夏涼風習吹，秋暮枯黃夕暉，冬陽映襯白雪，以及金黃陽光，朦朧月色，耀眼星輝，還有霜雪霹靂，風和雨霽，鳥蟲啁哳……無一不會叫我聯想到妻子，刻骨思念正好叫嫦娥的她的美貌和溫柔、勤勉和體貼……此時，我才憬悟駕船老漢的哲理有深沉意思。但我覺得我所擁有的尚未失去。

頃間，神仙施法把人一劈為二，想讓男女天各一方受苦罹難的神話鞭笞著我，我感到我盲目上「夢幻船」恰中妖仙邪道，心底激蕩出微妙漣漪，生命與感情奔啊奔的。只羨鴛鴦不慕仙。我便把我要回家的指令發回地球，我說我要用人類永恆的主題架設一道感情高速公路，與我的另一半相融相洽。

一回到家，熱血男兒擷取欲望之樹結滿的果實，驀地，桂花酒般濃烈的香香甜甜蜜蜜撲鼻而來。

這時妻子欣喜地對我說，在家庭中，陪伴與懂得才是什麼的話我沒全聽清楚，但關鍵的幾個詞我是聽見了，很稱我心意。

這天下班看見妻子在煮飯、洗衣服，我就主動掃地，還陪女兒玩。怪不，我突然覺得我再不是一個多餘的人了。

雲在藍天水在瓶

半老徐娘們想出一條妙計，各自在一張以「往日戀情」為主題的粉紅色賀年卡上，寫上一堆情意纏綿的詩句，不落款地寄給丈夫，然後回家觀察丈夫的反應。

「莫名其妙。」這天，珍正在修改學生作業，做博士生導師的丈夫海回家自言自語，並把一張粉紅色賀年卡遞給她看。

「在誘惑滿街跑的年代，好男人是稀有動物。」珍邊想邊瞅一下老實巴交的丈夫，心裏不禁興奮又不安。

眼睛發潮時，一首老歌歡快的音節流淌出來，她忘不了海把情書寫在五線譜上，說五線譜情書最能表達他的情和意。她也忘不了五線譜情書是「風暴眼」，使他們的愛之船停泊在溫馨的港灣。她更忘不了他的善良和寬容，從不發脾氣……一個美好心願如浮在水上的木頭按下又浮起，她自個忖度，粉紅的賀年卡是一塊試金石，就高興地說：「我給你打及格分！」

知妻莫如夫。海聽妻的話，微微一笑問珍：「你一向自信，可現在怎麼回事呢？是不是對自己沒信心？」

「不。」珍搶答。

她天性好強，凡事總表現出很自信的樣子，她說是她們對丈夫、對婚姻失去信心，請教於我，我腦子轉得快，就提議她們寄一張賀年卡去試探各自男人的心。

談及她同室備課的半老徐娘們，珍撫摸一下丈夫的臉龐，嬌嗔道：「你們男人喲，夠可怕的。你知道嗎？麗和倩的丈夫接到賀年卡後焦躁不安，卻悶聲不響，隨後每晚都不知跑哪兒去了。華和若男的丈夫則三緘其口，表面風平浪靜，暗地裏心事重重……」

海明白了手上的賀年卡竟是女人們玩的鬼把戲，輕輕地搧了老婆一下，責備她說：「幹什麼呀，你們女人。夫妻感情怎能以一紙定價呢？」

可珍堅持己見：「我錯？這不是嗎？他們的丈夫都……」

「嗨，」海的眼睛轉了轉說，「測什麼測呀，你們！這種惡作劇非但測不出丈夫情感的深淺、純雜，反而會損壞夫妻感情，徒添煩惱。」

此時，他從懷裏拿出一個亮晶晶的手錶，說是他的最新科技成果「心度儀」。他說科學才是無所不能的，建議女人先用「心度儀」測測自己的心理健康情況再說。

「心度儀」有十個刻度。人一戴上它，裝置就會自動濾取腦電波中的「自信」信號，並測量出血壓變動及體內一些激素分泌情況作輔助資訊，迅速進行運算處理，最後指針才將自信程度表示出來。

珍請來她的女友們，精緻的「心度儀」戴在麗的手腕上，指針幽幽地閃光，赫然指在五度以下。

「或許是你的自卑妨礙了你和丈夫的感情，你才會設計算計你的……」海嘿嘿笑著。

華手錶上的指針搖晃在三、四度間，她臉一下煞白：「我自卑又自虐？」臃腫的眼袋垂下來，蒼白的臉上紅暈上湧……

珍哂視她的女友們，遺憾女人的心態慘不忍睹，自卑者大有人在，還有自虐、自殘者，她思想一時短路。

海盯著珍的眼睛叩問：「珍你感覺不幸福？可你竟也……顯然，幸福不是每一個渴望的人都能接受的。」

珍拍拍自己的腦袋，她發覺愛情與其說困難，毋寧說簡單。而珍的聰明之處，就是她機智地抓住了稍縱即逝的思想火花，剎時，她眼前的賀年卡成了另一種形式的「心度儀」，她憤恨它不但沒測出丈夫的情感值，反而測出自己強硬的外表下面隱藏的自卑心了。羞愧難當時，她抓來賀年卡，三下五除二地撕它個粉碎。

雲在藍天水在瓶。

珍環視大千世界，望見每一顆星星都有自己適合的位置，每一朵花兒都有自己美麗的神采，每一個人都有一顆靈動的心兒。她處變不驚，並且心有靈犀一點通：「假若男人是雲，女人是水，『水』就要積蓄底氣，奮力衝出『瓶』頸，為自己的存在表現出生命的亮麗光彩，在藍天白雲間展現『水』的全部美麗和韻致。」

倏忽間珍張開臂膀，如展翅開屏的金孔雀飛起來了，飛向藍天白雲間。

平日，珍常常對人說：「愛更是一種本事喲！」

幾度夕陽紅，寄陌生賀年卡的半老徐娘們桃李滿天下。而收穫後的愛美上頭頂，開出一朵朵燦爛的銀菊，女人們都成了非常漂亮的老太太。

原來幸福也流淚

趙峰旻

作者簡介

趙峰旻，筆名新綠沐風，中華當代文學學會會員、江蘇省作家協會會員，現供職江蘇東臺市電視臺。

有作品被編入青少年勵志讀本《天生我才必有用》。詩文散見於《安徽文學》、《青春》、《百花園》、《華夏散文》、《散文選刊》、《西部散文選刊》、《江蘇作家》、《翠苑》、《散文詩》、《短小說》、《連雲港文學》、《散文家》等全國幾十家報刊，並多次獲獎。散文〈夢裏水鄉〉獲二〇〇八年度全國散文一等獎，收入《江蘇2006-2007年散文年鑑》，同名電視專題片在長江視野國際頻道播出後，獲得鹽城市電視文藝類一等獎、江蘇省社教類電視文學二等獎；〈高高的村莊〉被收入《中國當代散文大觀》。微型小說〈換新〉被收進《二〇〇九中國年度微型小說》作家作品集。微型小說〈嘯歌樓的歌聲〉被列入《中國當代微型小說方陣》。散文〈一簾春雨枕好夢〉編入《中學生閱讀（高考版）》，出版散文集《一樣花開為底遲》。

回家

四面臨海的佛頂山，諸峰若拱，壘如杯瓢，海浪擊破著寺廟的寂靜，百鳥吟唱著禪境的安寧。時光流轉，歲月輪回中，寺廟前的菩提樹綠了又黃，黃了又綠，皺紋也不知不覺地爬上了慧如和尚的額角。

一大清早，慧如繞著寺廟轉了一圈又一圈，然後，跑到方丈智能面前嗡聲嗡氣地說：「我要回家。」

「回家，你哪來的家？」智能看著慧如，一頭的霧水。

來到這個世上，慧如就像一棵岩縫中的小草，活得頑強而自在。別的孩子嘴中從小都有「爹娘」這個固有的名詞，而慧如從生下來打記事始，從沒有人叫他回家吃過飯，也從沒有人問過他的冷和暖。

白天，他靠左鄰右舍送來的飯菜，偶爾鳥兒銜來野果他拿來充饑。夜晚，穿過透光的屋頂，他仰望到月亮一張微笑的臉。夏天，悶熱難挨的時候，鳥兒煽動巨大的翅膀給他帶來絲絲涼風。冬夜，一群鳥兒將他圍在中間，滿天的星星對他指指點點，給他帶來絲絲暖意。

世上有一種機緣，人們將它叫佛緣。那年，智能大師雲遊到小鎮，看到面黃肌瘦，病臥柴房的小慧如。智能大師見他可憐，收他為徒。於是，扶著柴房的土牆，慧如顫巍巍地來到了佛頂山，這一晃，就過了幾十年。

「來是偶然，走是必然，阿彌陀佛。」慧如說。

「明年春天，放你回家。」智能答。

慧如埋下頭來，繼續念經，權當默認。寺廟後面還有一棵菩提樹，樹上喜鵲窩有七八個。每年，喜鵲還沒報喜，蜜蜂們早已開始了辛勤的勞動，慧如也在空地上忙活開了。他揮鎬、刨土，種土豆、山芋、向日葵，一群鳥兒圍著他歡快地刨食。當汗水濕透了袈裟時，鳥兒就會圍成一圈，撲搧著的一對對翅膀，像一臺若大的電風扇，對著他搧起習習涼風，真是沁人心脾。

到了秋天，慧如會收穫很多土豆、山芋、向日葵。寺院的僧人天天吃，頓頓吃，怎樣也吃不完，於是，他時常背著一個大大的口袋下山。至於下山幹什麼，沒人得知。每次上山時，慧如都空手而回，但臉上一定寫滿喜悅滿足的表情。

風言風語來了，慧如塵緣未了，凡根未淨，在山下養起了女人。

聽到這些，慧如總是雙手合十，口中念道：「居善地，心善淵，與善仁，言善信，正善治，事善能，動善時。」

聞言終於傳到方丈智能耳裏，智能問：「此事果真？」

「若能自有真，離假即心真，自心不離假，無真何處真？」慧如答。

說不出個子丑寅卯來，慧如被派到後院做灑掃僧。

大雪封門的日子，佛頂山像一口冰冷的大鍋倒扣在海面上。每日裏，慧如在後禪堂青燈黃卷，念經打坐，凍得直哆嗦。啞巴小沙彌時常偷偷地從門縫遞給他兩個黑乎乎的山芋窩窩頭。但他終究捨不得吃上一口，將窩窩頭藏進布兜，然後悄悄地穿過大殿來到院後的菩提樹下，摸出窩窩頭，揉成碎粒，撒在地上，而後翹起雙手掩住雙唇，模仿鳥兒的聲音，吹起呼哨。立時，一聲聲清亮的鳥語，從他花白的鬍子裏飛出，傳遍整個佛頂山。一群鳥兒爭先恐後地在他頭頂盤旋，拍打著翅膀，抖落在他的肩頭，然後，嘰嘰喳喳，歡快地啄食。

冰雪消融了，春天就要來臨。慧如每天坐在門前的臺階上看鳥兒踏歌起舞，歡快地覓食，看野草和鮮花相繼轉世，獨自想著自己的心思。

這一天，慧如又跑到方丈智能面前嗡嗡地說：「我要回家。」

方丈智能皺了皺眉頭，心想：「此人總在生活的夾道逃逸徘徊，佛緣未了，情緣未盡，無情佛下，是個多情的和尚，身上還殘留沼澤的味道，既然註定了要潰逃，也就沒了強留的必要。」

「回家吧！回家吧！」智能漠然地說。

隔日，寺廟前人聲沸沸，只見慧如身著袈裟，坐在菩提樹下，早已沒了氣息，一位少年手捧電風扇，哀哀而泣，雙肩顫抖，長跪不起。

方丈智能囑小沙彌叫上少年，問明緣由。

原來，少年的父親身患絕症，那日，正逢慧如值日，關寺門，少年和母親上山求佛保父平安，天早已黑了，可母子倆就是長跪佛前，不肯起身。知道少年家的境況後，慧如每個月都會下山送些自種的糧食給這對母子。

南方夏天炎熱，面前這臺電風扇就是慧如送給少年病中的父親度炎夏的，可父親沒能用得上就走了。

春天第一縷陽光越過大海照在佛頂山上，萬道光柱齊刷刷地射向山頂的寺廟，整個寺廟被陽光圍了個水泄不通，給慧如周身鍍上了一層金光，百鳥搭起一道五光十色的彩虹，在他頭頂唱著挽歌，久久徘徊，不願離去。

桃花雨

串場河邊有個桃花村，桃花村裏不僅長桃樹，還出美人。秀桃就是桃花村有名的美人。

秀桃爹管教很嚴，從不允許她單獨去哪兒，若是碰上哪位後生說句話，必會招來她爹一番責罵。

一天，秀桃在集體的桃園邊上的麥田裏薅草，四周清一色的桃花，層層疊疊的，漫天遍野地鋪陳開來。

忽地，一場雨毫無徵兆，說下便下，稠雨如繩，雨打花飛。霎時，滿世界飛紅濺血。秀桃憐惜地看了看躺了一地的花的屍體，只得擼一擼沾在額前的頭髮，拈著淋濕的衣服，往生產隊的場頭棚跑去。

急走的秀桃和棚內避雨的長生撞了個滿懷，荒郊野外的，孤男寡女在一起，羞死人了，兩朵桃花立時飛上秀桃的小臉。

在村裏，長生是七十年代唯一識得幾個字的後生，因此成了隊裏的農業技術員。因為家裏窮，二十多歲還沒談上對象。有人幫他到秀桃家提親，秀桃心裏願意，但秀桃爹嫌長生家窮，這事就此黃了，急得長生六十幾歲的母親直跺腳。

天空中到處飄動著流浪雲朵，不緊不慢地串著雨簾兒。雖說是春日三月天，但雨淋在秀桃身上，還是濕漉漉的，有些涼，她猛然打了個寒顫。長生脫下身上的藍卡其罩衫披在秀桃身上，秀桃又給長生推回去，這樣推來推去，衣服最終還是披在了秀桃身上。

呂四嫂是從哪裏跑過來的，秀桃和長生也沒發現，在桃花村，誰都知道呂四嫂是個什麼角色，她可是村中有名的長舌婦，年齡雖然只比秀桃大兩歲，但輩分卻長秀桃一輩，她那三寸不爛之舌能將死人說活，因為生得俏麗端正，當年有好多村裏後生追求，她都不拿正眼看一眼，卻偏偏看中窮書生長生，可長生偏偏不喜歡她，嫌她瘋，最終她爹包辦將她嫁給了村中的二楞子，因為二楞子爹是村支書。可嫁過去，也沒享幾天清福，二楞子的父親就一命嗚呼了，從此，她見誰都不順眼，活脫脫的一個怨婦。

雨停了，桃樹林裏鳥兒又亮起嗓子唱開了，歡快地這枝跳到那枝，嘰喳喳，呼朋引伴。

秀桃回到村裏時，她爹手裏正拿著釘耙，站在村口的大桃樹下，鐵青著臉，怒目圓睜，看到秀桃，一釘耙打下去，「啪」的一聲脆響，釘耙柄攔腰折斷。倔強的秀桃愣是不吭一聲，秀桃娘上前去攔秀桃爹，被她爹掄起的巴掌拍蚊子一樣，摺在了地上。紅了眼的秀桃爹老鷹捉小雞似地將秀桃拎到桃樹下，扯住秀桃的長辮子往樹上一繞，就這樣，秀桃整個人半空中懸著，吊在那兒，早沒有了哭的力氣。

呂四嫂一回到村裏，就像個喇叭筒，扯著嗓子嚷開了，她走東家，躥西家，繪聲繪色地描述著秀桃與長生怎麼怎麼了。就這樣，一傳十，十傳百，整個桃花村像一鍋煮沸了的開水。不一會工夫，這事就傳到了秀桃爹耳朵裏，老實巴交的秀桃爹腦筋從不會轉個彎，想也沒想就往村口衝。

桃樹下，秀桃羞辱加饑餓，虛脫得不成人樣，秀桃娘一旁乾嚎，也沒人敢拉，也沒人想拉。因為桃花村有這樣一個規矩，要是誰家閨女做了有傷風化的事，就會挖上一個大塘，放上生石灰，然後將姑娘推下去，再注入水，活活燒死。當然，那是民國以前的事了。

秀桃被她父親吊在桃樹上的事，長生終於知道了，他衝到村口的桃樹下，解下秀桃，衝秀桃爹大吼：「你憑什麼這樣對秀桃，她做錯什麼了？」

還了得，在桃花村，長生是秀桃爹的晚輩，按祖上規矩，晚輩是不得回長輩半個不的。

「憑什麼？就憑呂四嫂繪聲繪色、有鼻子有眼的描述！」秀桃爹氣不打一處來，衝上前去欲打長生。

臨了，驚動了村支書，攔住了秀桃爹，拉下長生，解下桃樹上的秀桃。

熱鬧了一天的桃花村終歸於寂靜。斯夜，樹欲靜，而風不止，直刮了一夜，美麗的粉紅色，一片片飄落，灑了一地的瓣。

次日凌晨，從秀桃家傳來秀桃娘悽愴的哭聲，大桃樹周圍擠滿了人。秀桃那根長長的長辮在脖子上打了個死結，接掛在桃樹的枝椏上，頭髮上還沾了幾枚桃花瓣，瓣上晶瑩的露珠在晨光中閃著淚光。

此後，半夜裏常有人看到有個影子在晃悠，有人說是秀桃，有人說是長生，而那桃樹再也沒有結過桃子，不過每年依舊一樣地花開，一樣地花落。

紀雲梅

作者簡介

紀雲梅，二十世紀七〇年代出生，鹽城建湖人。江蘇省作家協會會員、建湖縣政協常委。曾經做過圖書館管理員和廣播電臺播音員，現任職於文廣新局劇目創作室。

在《中外文摘》、《青年文摘》、《青年博覽》、《雨花》、《視野》、《東西南北》、《現代家庭》、《女性天地》、《小小說月刊》、《小小說選刊》、《海燕・都市美文》、《中國青年報》、《中國廣播報》、《中國婦女報》、《作家文摘報》、《解放日報》、《南方日報》、《揚子晚報》、《新民晚報》、《團結報》、《今晚報》等報刊雜誌發表過數百篇文章。散文〈永恆的聲音〉獲江蘇省文化廳系統徵文一等獎；小說〈父母的電話〉獲首屆吳承恩文學藝術獎二等獎；〈洗洗手再回家〉被全國多家知名期刊轉載；〈打量民工〉、〈在廣播下聽你的節目〉入選《一九七八—二〇〇八鹽城文學專輯・散文卷》；二〇〇九年，出版散文集《你的影子剪不斷》。

父親的手機

父親一直是節儉的，因此當我提出要給他配一部手機時，他的頭堅定地搖了幾下。但是當他和幾個老友坐在一起，偶爾有人身上傳出手機鈴聲時，我還是從他的眼睛裏讀出了羨慕。

「把你的手機淘汰給我爸吧！」我對老公說。

「開玩笑！我的手機還是新款呢，淘什麼汰？」

「淘汰淘汰！我讓淘汰就淘汰！」

我在他心目中素有野蠻老婆之稱，又練過美聲，聲嘶力竭起來很震撼人。

「那你陪我買個新的。」老公的氣勢明顯弱下來。

於是，在一個陽光晴和的下午，我把老公的手機給了父親，並且同時說出了幾個淘汰的理由。父親的臉一下子和這個午後的陽光一樣明淨。

因為一生沒和這個東西打過交道，父親的交接儀式顯得有點拘謹和倉促——他想認真地看看手機，但不知怎麼的，轉而又迅速地將手機揣進了口袋。

我說：「我來教你使用吧。」

父親又迅速地從口袋裏掏出了手機。他的「揣」和「掏」的動作都是兩隻手協作完成，生怕手機有什麼閃失。我告訴他綠鍵和紅鍵的功能，告訴他怎樣打，怎樣接。我說你知道這些就行了，別的暫時不用管。

哪知道父親用手機的頭一天就出了問題。第一次聽到手機響，父親不為所動，心想這個響動跟他大抵是毫無關係的，但鈴聲固執地響，父親便扭頭去找聲音的出處。他在原地轉了一個圈，才發現這聲音居然來自自己的口袋。他猛然想起自己是用手機的人了，不知是緊張還是激動，往外掏手機時手有點顫抖，慌亂之中摁錯了鍵——拒絕接聽。父親大聲地「喂」了幾聲，沒有回音。這個時候手機又響，父親再次堅決地摁了紅鍵，再次對著手機大聲地「喂」。我第三次打通了手機，父親終於對自己的判斷生疑，於是摁了綠鍵，卻不敢說話。

我責備父親：「昨天才教過你的，錯一次倒也罷了，一錯再錯！」

父親唯唯諾諾，我也就舒緩了語氣：「沒什麼事，只是想告訴你和媽媽一聲，我的感冒好多了。」

父親立刻欣喜起來：「好好好，那就這樣！我扣機了啊！」

天哪！扣機？其實我知道他是想說掛機的。

母親後來告訴我，父親其實對手機琢磨得實在有點勤奮了。接到手機的第一個晚上就躺在床上一個鍵一個鍵地翻看，一個鍵一個鍵地研究，夜裏居然還失眠了，又拿起手機琢磨了一會兒。第二天早上還破例沒出去跑步，接著琢磨。

我的心有點酸，曾經那麼聰明的父親真的是老了。他做文化站長那時候，吹拉彈唱都是無師自通，但是現在，一個小小的手機居然讓他無所適從。從那以後，我不再怪父親摁錯鍵，他的接聽水準也長進不小，幾乎不再出什麼差錯。

但是過了一段時間，我還是又忍不住抱怨了父親。自打父親用了手機後，我很少接到家裏的電話，幾乎所有的聲音都來自父親的手機。

我說：「方便的時候還是打電話好，三分鐘兩毛錢，而手機要貴一些，不划算。」

我想這樣的道理對於一直節儉的父親應該很有說服力，但是後來他還是經常用手機打，我問他在哪裏，他說在家裏，我說在家裏為什麼不用固定電話打？省錢啊！父親被我教育過好幾次，仍是不見悔改的樣子。

我在母親面前發牢騷，母親說：「你就擔待點吧，他給你打電話時，通常身邊都有外人的，再不就是有親戚在這裏。他經常誇女兒女婿孝順，還給他買手機。那個時候其實他是希望手機能響的，但是卻很少響起，於是他總是假裝想起一件事，然後跟你們通話。」

我的眼睛一下子濕潤起來，我覺得我再次錯怪了父親。父親再走親戚時，我對老公和弟弟說，隔幾個小時打一下父親的電話。

隔幾個小時打一下父親的電話的，當然還有我。

幸福就是知足

對門的兩口子都是老闆，一個在縣城開著一家門市，一個在市區做生意。有一段時間，每每看到那個車牌很吉利的小轎車停在過道口時，就有微微的寒意襲上我心頭。

因為去看望過她家摔傷的兒子，女老闆為了表達謝意，推心置腹地跟我做過一次深談。

她說：「我真想不通你們兩口子怎麼這麼保守？這個社會大家賺錢都賺瘋了，只有你們還這麼固守清貧！」

當然，某些詞是經過我藝術加工的，她的大意就是這樣，只是表達方式比這個俗氣許多。

她還運用排比句式問我：「你兒子成長要花多少錢？你不得給他念最好的學校嗎？你不準備讓他出國嗎？你不想給他在大城市裏安個家嗎？就你們現在這個收入能給他什麼？男女比例又失衡，以後男孩子的競爭多激烈？……」

為了襯托我家的貧窮，或者為了增強她觀點的說服力，女老闆毫不掩飾她家的經濟收入。她老公是市區一生意很火的茶樓的經理，她自己在縣城開著一家批發部，另外還有三間價格一路飆升的門面出租。數字概念極不好的我，還是迅速地在心裏盤開了一本賬——我悲哀地發現，人家一天的收入居然超過我和老公一個月的收入！換句話說，人家做十二天，我們就得辛苦一整年！最可恥的是，以前我們居然還沾沾自喜，自得其樂。

她細細地盤問我們的收入，一向自我感覺很好的我開始壓低聲音說話。那天後半場的談話中，我一直處於羞愧狀態——說話聲音很低很低，很細很細。

我說：「我閒來還寫點文章，收點稿費。」

女老闆說：「寫文章能寫多少錢？還得動腦筋，還得熬燈著火。」

她還問我在電臺兼職的報酬，我用更低更細的聲音說那是愛好，做著玩的，幾乎沒什麼錢。她看我的眼神變得哀怨起來——恨鐵不成鋼。

我幾乎是邁著沉重的步伐上樓的。我心事重重地把自己摔在床上，開始煎烙餅似的翻過來翻過去。我想，我剛把房債還了就認為從此日子是天堂了。我還想，以後每年存個一兩萬的就是小富即安了。但當我剛剛有點心安自得的時候，這次談話立刻讓我驚恐起來。

總之，和女老闆談話以後，我覺得活下去太累了，而且希望渺茫。

老公看我長吁短歎，以為出了什麼事，竭盡溫柔之能事跑到我身邊噓寒問暖，待聽清原委後，立馬變臉。

他說：「我以為是什麼事呢，就為這啊！你眼光怎麼這麼淺呢？我還以為你有多高潔，原來也是一俗不可耐的人！外面有錢的人多了去了，你不是也挺心安嗎？怎麼輪到家門口的人，你就看著不自在了呢？」

我委委屈屈地說：「可是人家用那樣的眼神看我！」

老公說：「你管別人的眼神幹什麼？你經常在節目當中對人深情款款地說，幸福指數跟錢的多少無關，現在改變想法了嗎？」

我還真的就是這樣說的，我對物質的欲望一直不是很強烈，但是今天可能因為女老闆的話題中心直指兒子，所以這樣的談話稍稍讓我覺出了一絲絕望，甚至覺得有點對不起兒子。

倒是經常會聽到對門傳來吵架聲，最激昂的時候，甚至會聽到離婚的字眼。我和老公登門去勸時，總聽到雙方把另一半指責得體無完膚，而且主題居然常常是為了錢！

那天和老公逛街，看到一賣西瓜的小型農用卡車。男人邊吆喝邊收錢，女人在旁邊過秤，邊上還有一七八歲的男孩，想來是他們的兒子。兒子手裏拿一冰棍兒，隔一段時間便伸到他媽媽嘴邊，女人便象徵性地舔一下，然後笑著示意兒子把冰棍兒伸到他爸嘴裏。他爸也是象徵性地靠一下冰棍兒的邊，然後笑著推回到兒子的嘴裏。

就是這簡單的一幕，突然讓我有點淚濕眼眶，女老闆帶給我的所有沮喪也一掃而光。倒不是我非得要找一個不如自己的人來襯托自己的滿足，而是在那一刻，突然就覺得，幸福真的應該跟窮富無關。

芙子子

作者簡介

芙子子，本名張藐邈，新銳女作家，河南省作家協會會員。八十年代生於川南，現居四川成都。主攻小說、散文等。迄今已在全國數十家報刊公開發表小說、散文、詩歌等文學作品若干。著有長篇小說〈誰在塵世溫暖你〉、〈春天裏〉；已公開出版小說集《青春是一條河》、《陽光燦爛的日子》等。

世上最遙遠的距離

題記：「世上最遙遠的距離，就是你在我身邊，卻不知道我愛你。」

A

那天黃昏，蘋在街上的禮品店裏意外地碰見了多年未見的偉。偉滿面笑容地同蘋打招呼，並叫過一個三四歲的女孩，讓她叫蘋阿姨。小女孩嘴很甜，顯出一副和蘋很親的模樣，蘋當即就給她買了一套精美的芭比娃娃。蘋以為偉會拒絕，偉卻什麼都沒說，笑嘻嘻地看著蘋，眼裏溢滿柔情。那一刻，蘋從偉的眼眸裏捕捉到了一種東西——天啊，十六年了啊，他終於讀懂了她對他的愛戀！

蘋突然幸福地哭了，喜極而泣……

哭著哭著，蘋醒了。原來又是夢一場。不過蘋還是感到了一種無法言說的幸福，好像現實中，偉真的知曉了她的心思一樣。不過，蘋一想到夢中的小女孩，她又有些隱隱地不安了！不過，怎麼會呢？前不久她才從表哥那裏確定了偉是獨身的事實，哪來的孩子呢？蘋的表哥和偉是中專同學，兩人無話不談，因此，蘋對表哥的資訊沒有懷疑的理由。

這也是蘋大學畢業後，放棄省城的工作，回到家鄉的小鎮教書的緣由。偉是蘋的一個夢，唯一的夢，從上小學同桌到如今，十六年了，這個夢始終沒散，也沒有圓，蘋相信憑自己現在的條件，在偉面前，再也不會感到自卑了。之前，蘋一直很自卑，她覺得自己就是偉鞋上的一粒塵埃，時刻奢望偉低下身來看她一眼，可偉總是高高地昂起頭，追逐著他的追逐。

天亮後，蘋給表哥打了個電話，說自己回來了，要他找個時間到她這裏來吃飯，並委婉地表達了叫上偉的意思。表哥很高興地應允了，並開玩笑說：「偉那小子瀟灑不了多久了，要被鎮長的千金幸福地『軟禁』了……」表哥還說了些什麼，蘋一個字也沒聽進去。

偉結婚那天，蘋把自己打扮得像個新娘，一身鮮紅如火狐狸。她還包了一個厚厚的紅包，在大紅色的封皮上，蘋只寫了四個字：「祝你幸福！」偉見到蘋那一瞬，竟走了神，直到一旁的新娘在他胳膊上掐了一把，他才回過神來，慌不迭地接過蘋手裏的紅包，似笑非笑地遞上了兩顆鮮紅的喜糖。

酒桌上，一向矜持的蘋喝了許多的白酒，她頻頻地同客人乾杯，繼而又纏住新娘——高傲的鎮長千金不放。開始的時候，清醒的蘋還能收放自如，到後來，蘋的言行舉止就有些有失體統了。新娘的臉色早就不鮮豔了，她索性不理睬蘋，把蘋晾在一邊。蘋悻悻地回到自己的飯桌上，又自斟自飲起來，眼裏被圍困多時的淚水，終於突出重圍，簌簌地滾落下來……

那天，醉酒的蘋趴在飯桌上失聲痛哭。

沒人知曉蘋為何如此失態？如此悲傷？

B

天空開始把光線一絲一絲地收走，撒下柔柔的雨絲。像電影中浪漫的劇情一樣，偉背著蘋，緩緩地行走在山路上，溫柔地對蘋說著綿綿情話。

「蘋兒，對不起，我讓你先愛上了我。蘋兒，你知道嗎，初二那年，我在男生的起哄下，揪了一把你的麻花辮，你哭了，那一刻，我的世界好像傾斜了！從那以後，我的心好像突然就成熟了，與我有了隔閡，有了芥蒂，他不再那麼忠心耿耿地守候著我，經常偷偷去窺探，注視那個叫蘋的小女孩。呵呵，他還私自給她取了個專用昵稱哩——小蘋果，很可愛吧？」

「我們一起上完了小學，又一起上完了初中。九年的時間裏，我們之間幾乎沒有對話，像兩條平行線，我們最多就是談點『公事』——老天長眼，我一直是班長，學習委員也非你莫屬。可我們的名字——偉和蘋，好像著了魔，總是緊緊挨在一起，每次考試，不是我排第一，你居第二，就是你居第一，我緊跟其後，任何人休想『插足』進來；還有作文課上，老師唸完你的範文，就唸我的，那時，我感覺特好，像喝酒喝到了五六分，狀態妙不可言……我一直在努力，總是怕落後，怕你瞧不起我。你總是那麼的優秀，又那麼的高貴，每當我看到你一臉的漠然，心就像爬山虎失去了依託，一下就蔫了……」

「蘋兒，還記得嗎，你高考的時候，我約上你表哥進城去看你。我本打算等你考試結束了，約你到沱江河邊走走，找個適當的機會，把我的心裏話掏出來，畢竟我們都長大了，有戀愛的權利和空間了。可是，你連正眼都不看我一眼，卻和你表哥有說有笑的。那一刻，我強烈地感覺到了嫉妒，還有恨，恨你不明白我的心思，恨我對你滿腔的愛臨終卻落了空……」

「不過，我還是很感謝你表哥，是他提醒了我。那天，在我的婚禮上，你的打扮，你的表現，成了小鎮的一大笑談。不久，在一次朋友聚會上，你表哥跟我開玩笑說：『偉，你小子豔福不淺啊，連我表妹這樣的仙女都對你暗許芳心，瞧她那天傷心成啥樣喲！你看嘛，剛回來又走了，走得還遠，跑到川西汶川的一個山旮旯支教去了。我早咋就沒看出來哩，否則，我都給你們當紅娘了，遺憾啊，一對璧人就這樣陰差陽錯了。』在同學們的哄笑聲裏，我如夢初醒，感覺血一下就噴向了腦門，我抓起你表哥的手機衝出門外，撥通了你的電話……」

「我說，蘋，如果我也來汶川工作，好不好？你一句話也沒說，只在電話那端嚶嚶地哭泣。我終於明瞭：我的小蘋果也是愛我的！」

「掛電話的時候，我說，蘋兒，你要等我啊，一定要等我！」

「蘋兒，多好啊！我現在終於來了，來到了你的身邊！雖然離婚時吃了點苦頭，但為了我們的愛，那又算什麼呢？蘋，也許你從骨子裏看不起我，我娶鎮長的女兒，純粹是攀附權貴，我要藉助這把梯子往上爬。我想，等我飛黃騰達的那天，我和小蘋果的差距就縮小了，她就會正眼看我了……」

「蘋兒，我可愛的小蘋果，我們回去好不好，回到我們的家鄉——我們相識相愛的地方，美美享受我們的愛情！蘋兒，我還有好多好多的話要跟你說呢！今天中午我到你學校時，你陪我草草吃了午飯，就又去上課了。當時，我好一陣落寞！不過轉念一想，我們以後有的是時間呢！」

「蘋兒，我一定要帶你回家，我要你做我的新娘——世界上最美麗最幸福的新娘！婚禮就在我們的小學學校舉行，讓所有的孩子都來參加（我知道你一直都很喜歡孩子）。蘋兒，我已經設計好了，我們在學校旁蓋兩三間房子，你教書，我也教書，我們再生個小寶寶，兒子像我，女兒像你，我們一家相親相愛！呵呵！」

……

偉累了，找一處乾淨的地方，把蘋放下來，休息一小會，又把蘋擱背上，繼續前行。

來往逃難的路人紛紛向偉投出異樣的目光——有同情，有敬佩，還有不解。

有的女孩，見了偉的模樣，動情地哭了起來！

有不知情的人看見偉背上的大麻袋，好心地勸道：「小夥子，都這個時候了，還有啥寶貝捨不得，生命才是最珍貴的，趕緊逃出山裏，不曉得還有多少餘震哩！」

當他們從知情人那裏得知，大麻袋裏是人——一個姑娘。大地震來臨時，為了保護孩子，自己被壓在了圮塌的牆體下。

他們哭了：「哎，多好姑娘啊，可人死不能復生啊，小夥子，你還是放棄了吧，再相愛的人都有分離的時候！」

偉什麼也不說，冷冷地看對方一眼，揹著永遠睡著的蘋，踩著泥濘的山道，一步一步地向山外走去。

他們身後，撒下一路浪漫而憂傷的情話……

開往爸爸的火車

經過那次驚嚇之後，媽媽每天上班前最重要的事情，就是把兒子悄悄地關在屋裏，讓門神嚴密地看管著兒子。

下班回來，經過小鎮西頭的火車站時，媽媽總要放慢急促的步子，舉目把月臺的四周仔細過濾一遍，確定沒有什麼異常後，才橫穿過鐵軌，顯得有些遲疑地向家的方向走去。

其實，媽媽明明清楚兒子被自己鎖在家中，經過車站時，她仍有一番如此的舉動。

火車站算不上大，每天有那麼幾趟火車經過，向北開往雨城方向，南下可以去漳州。但每天只有「漳州—雨城」的那趟普快列車才會在小站停頓兩分鐘，吐出一些人，又吞下一些人。搭車的人總是早早地進站，眼巴巴地守在月臺上，望著鐵軌的南端（或北端），脖子拉得老長。小鎮的人們，對火車到站的時間，是不用去刻意記的，就像一日三餐的時間，誰會去記呢？即使是五六歲的娃娃，對此也是熟稔於心的。

見門窗還好好兒的，媽媽的心才落了地。打開門，屋裏空洞洞的，靜得怕人，沒看見兒子，媽媽一箭步衝進屋子，視線迅速掃過床上，床下，桌下，一絲影子都沒有抓到！

「兒子！——」卡在喉嚨裏的聲音終於顫巍巍地擠了出來。

這時，兒子影子樣地從她背後閃了出來。「媽媽！飯馬上就好了哈。」兒子一臉的鍋灰，呲著牙，袖子挽得老高，跟小鬼在舞臺上表演似的，媽媽的驚恐擔憂頓被被笑聲趕跑了。

近來，媽媽特別費解，兒子是那麼的乖巧，懂事，聽話，體貼，以至於有時讓媽媽為兒子的成熟感到心酸，畢竟兒子只有九歲。但是，這個寒假以來，兒子好像就從未讓媽媽安心過。

不知怎地，兒子突然迷上了鎮西頭的小站，常跑去那裏，在鐵軌上走來走去，好像是覺得好玩，又好像是為了等待某趟火車。站上的工作人員一次次地趕，他依然老毛病屢犯不改。當工作人員後來把他扣留住，問出了他的家長，通知了媽媽之後，媽媽才知曉了兒子如此危險的舉動。媽媽氣憤之下，把兒子狠狠揍了一頓。

媽媽相信兒子不會再去了。

這天下午，媽媽手上那只皮鞋的線還沒上到一半，鄰居大娘就找到皮鞋廠來了。鄰居大娘站在皮革氣味薰人的門口，一手捂住嘴巴，一手比劃著，讓她出去。

好長一段時間，小鎮的人們都在傳兒子的事，說某某的娃娃不要命了，竟然去攆火車。

媽媽覺得，只有把兒子每天鎖在家裏，她才能去鞋廠上班，心才不會那麼七上八下。媽媽還打算過年後搬到鎮東頭去，那裏房租雖是貴了點兒，但離小站遠，相對要安全些。

儘管媽媽小心了又小心，她最終還是沒有防住兒子。事情發生前一點徵兆都沒有。

那天，媽媽得到通知趕往小站時，兒子已經被送到鎮衛生院了。兒子靜靜地睡了。兒子的腦袋被裹上了白紗布，把小臉兒襯托得越發瘦小了，宛如一片細細的樹葉，而一條腿打著厚厚的石膏，頓時胖了許多。整個病房都顯得那麼潔白，一絲紅色都沒有。媽媽實在無法想像兒子被摔下火車的情形。

辦妥了一切手續，媽媽就惶惶地趕回家。媽媽要去湊錢，順便給兒子帶點衣物什麼的。

跑遍了所有的親戚朋友，兒子的醫藥費還是差了一大截。媽媽決定明早去找老闆，希望他能搭一把手。

借錢回來，天已經黑透了。媽媽又開始慌慌地收拾東西，她怕兒子醒來看不到自己，那樣兒子的傷口會更疼的。

媽媽給兒子裝了兩件換洗的衣服，還有剛才去娘家時娘悄悄塞給她的一斤冰糖。臨出門時，媽媽突然想到兒子躺在病床一定很難過，應該給他找幾本書去。

媽媽回到醫院時，大部分醫務人員都下班了，只有那麼幾個稀稀落落的影子在白色的燈光下晃動，醫院更加寂靜了。

媽媽佇立在走廊裏，望著病房投射出的燈光，遲遲不肯走進兒子的病房。

媽媽知道，此時，她的雙眼一定紅腫得跟水蜜桃似的，儘管出門前用水洗了好幾遍，但她還是感到澀痛無比，幾乎睜不開眼。

媽媽不想讓兒子知道她哭過。否則，兒子一定會認為媽媽是因為醫藥費而掉淚。

兒子哪裏會知道，媽媽是看了他的寒假日記才傷心如此的。

兒子在日記中這樣寫道：

……又一年過去了，依然不見雨城的爸爸給我寄來撫養費。我已經九歲了，聽媽媽說，爸爸從來沒給過我們一分錢。今年暑假的時候，媽媽帶著我去了雨城，我第一次見到了爸爸，可是，他卻是那麼的陌生，他像一個猴子一樣又老又醜，好嚇人……我不知道爸爸媽媽為什麼不住在一起，爸爸家還有一個跟他年紀差不多的女人，對媽媽好兇，罵媽媽是狐狸精……爸爸的房子好大好大，可他卻說沒有錢給我們……後來，爸爸還把我踢下了樓梯……

寒假又到了，我決定坐火車去雨城找爸爸，我是個小男子漢了，我一定要拿些錢回來，給媽媽花，媽媽太勞累太辛苦了……

朱奚莊

作者簡介

朱奚莊，原名朱奚紅，江蘇太倉人，蘇州市作協會員，現於某外企任管理工作。目前以小說、詩歌創作為主。

自二〇〇七年開始拾筆寫作以來，在上海《天津文學》、《海上詩刊》、《姑蘇晚報》、香港《夏聲拾韻》等發表詩歌多首；在《幼稚園》、《小天使報》、《中國兒童畫報成長故事會》等報刊發表童話兒童故事多篇；在《微型小說選刊》、《短篇小說》、《天池小小說》、《語文導刊》、《江門文藝》等省市級刊物發表、轉載微型小說多篇。

微型小說、閃小說作品入選《太倉微型小說作家群作品選》、光明日報出版社《最值得珍藏的小小說選》、華東師範大學出版社《二〇〇八年值得中學生珍藏的一百篇微型小說》，以及收錄在華師年選《二〇〇九年值得中學生珍藏的一百篇故事》、《中國首屆閃小說大賽優秀作品選》集；二〇一一年獲得第九屆全國微型小說（小小說）年度評選三等獎。二〇一二年獲得第十屆全國微型小說（小小說）年度評選二等獎。

盼年

沈大媽從臘月就開始忙碌起來，搞衛生、洗被褥、曬床墊，旮旮旯旯收拾得乾乾淨淨。兒子兒媳房間的一床被子墊子逢大晴天曬了又曬，散發著一股陽光的香味；換上了新的床罩，床鬆鬆軟軟地像一個發酵得很好的麵包。沈大媽知道兒媳是城裏人，特別愛乾淨，連抽水馬桶都足足刷洗了三遍。

孫子的小房間也拾掇得清清爽爽。沈大媽特意叫侄女一起上街買了兒童床上用品三件套，是米老鼠的圖案，孫子屬老鼠，肯定喜歡。

老夫妻倆自從進入年底，就很有默契地分工合作起來。凡是細軟打掃洗刷之類的，由沈大媽承包；需要跑腿的，採購以及廚房的活就由老爺子負責，老爺子退休之前就是廚師，兩人也算是發揮特長。因人置崗，各司其職，優化人力資源配置。

到小年這一天，沈大媽這邊是裏裏外外，萬事俱備，只等兒子一家三口回家來。袁老爺子呢，燻雞、滷牛肉、滷羊肉、爆魚、醬鴨……所有美味準備齊全，都是兒子、媳婦和孫子愛吃的。接下來，就盼著那一家三口從城裏下來團聚，過個團團圓圓的好年。

一大早，沈大媽就讓老爺子給兒子打電話，老夫妻早就打聽好了，今年兒子、兒媳從小年夜就開始放假，一直到正月初八才上班。沈大媽估摸著，今年兒子一家三口能在家裏多住上幾天，盼星星盼月亮，終於盼到春節。平日裏兒子、兒媳忙啊，休假日，孫子忙著上補習班，興趣班；「五一」和「十一」長假，小夫妻倆不是度假就是旅遊，趁年輕忙著玩！所以，除了偶爾到鄉下捎點地裏的田頭菜，很少回來，就連唯一的孫子，實在想得不行，老夫妻倆就坐車到城裏去看望看望，回來就可以慢慢唸叨好一陣。

只有這春節才能全家真正團圓上幾天。人老了，就越加盼著過年，日子就像倒回去了，跟小時候似的，只是盼頭不同了，清冷了一整年，現在就圖個團團圓圓，熱鬧熱鬧，有個家的氣氛。沈大媽覺著，這最後的日子彷彿生了根被釘住似的，總也不肯走過一天。好不容易小年到了，沈大媽就催著老爺子打電話去，兒子在電話那端甕聲甕氣的，半夢不醒的，一聽就知道還在被窩裏呢，嘟嘟囔囔地重複了幾句，老爺子總算聽清了：「今天我公司組織吃年夜飯，孫子袁源和他媽媽今天要請袁源的美國鋼琴老師吃飯，所以今天不回家。」

老爺子把話傳給了沈大媽，大媽顧不得一手的麵粉，急著接過電話，話筒裏傳來「嘟嘟」聲，兒子早就把電話掛了，大概又去夢周公了。沈大媽歎口氣，掛了電話。

「那些湯圓，明天再做吧。」袁老爺子交代了一聲。

大年三十，舉國歡慶，家家戶戶團圓的日子。

沈大媽擔心兒子媳婦又有什麼事，連電話也沒敢打。

只是這一天，老夫妻倆的耳朵始終朝電話機的方向豎著，生怕漏掉一個電話，又生怕聽到電話鈴聲，在這左右矛盾中，好不容易捱過了白天。

老爺子做好了一桌菜，一直等到六點，沈大媽在路口站得久了，腰腿有點酸痛，冬日的農村又異常寒冷，沈大媽挪動著凍得有點僵硬的雙腳折回了家。半路上遇上出來喊她的袁老爺子告訴她：「兒子才打來電話，今晚大舅子從北京回來，他岳父岳母說難得全家團圓，叫他們夫妻一起過去吃頓團圓飯，初一也在那邊過，要到初二才回家。」沈大媽的腿有點麻，她慢慢地扶著椅子坐下，手一下一下地捶著腿，覺得眼皮有點澀，看著滿桌的菜肴，覺得沒什麼胃口，只想早點上床休息。

大年初二的一早，老兩口才起來，就聽見門口的汽車喇叭聲，兒子的那輛大紅轎車開進了院子。沈大媽忙迎了上去，臉上綻開了笑容，像朵乾涸了幾天的花朵遇到了甘泉。兒子下車叫了聲「媽」，卻沒見兒媳和孫子下車，兒子轉身到後車廂去，開了後車廂，提了兩大包東西。

「媽，這兩瓶酒是給爹的，這些營養品是給您的。」

沈大媽急切地問：「我的寶貝孫子怎麼沒回來？嘉欣呢？」

兒子訕訕地說：「這幾天小傢伙吃太多了，腸胃不太好，昨晚睡覺時全嘔了，吐了一床，嘉欣這兩天胃口也不好，都在家休息呢。」

「哦，那他們什麼時候回來？」

「嗯，我還要趕回去，今天要去給我們老闆拜年，今晚上可能不回了，明天再說。」

沈大媽兩手提著東西，臉上剛綻開的笑容還來不及定格，被兒子的幾句話語拂得無影無蹤，似這升騰的炊煙，在冬日寒風的威逼下，四散逃逸，不見了蹤影。

美麗人生

美麗人生——這是本城最有名的一家髮型屋。當然，之所以有名，因為那位富有傳奇色彩的二號。這裏位於市中心一條最繁華的商業街，美麗人生，就在這條街的中心。

她第一次來這裏，是向別人打聽了才知道這個地址。時間還早，街上的店面尚未開門。

清瘦的她背著一個大大的包，包裏是她的第十四份簡歷。在這兩個月裏，她已經投出了十三份簡歷，經歷了她人生中最多、密度最高的失敗。今天下午，將是她的第十四次面試。

她猶豫地徘徊著，她的手握在口袋裏，手心裏有濕濕的汗。口袋裏是僅剩的五百元，是這個月的房租、伙食、所有的生活費。如果這次面試再失敗……她蹙著眉，從落地的茶色玻璃門中打量著自己，最簡單的白襯衫，黑色的裙子，一頭濃密烏黑的長髮披散著，給她清秀蒼白的臉色增了一份沉悶和壓抑。

「女人沒有辦法改變生活的時候，只能改變髮型。」記不清在哪裏看到的句子，或許有點道理。

店門終於開了，一群時尚的、年輕的、頂著各式各樣最前衛最酷最流行髮型的髮型師、服務生陸續地在裏面忙碌起來。

她做了一個深呼吸，走進了店門，帶著一絲義無反顧的神情。

她是第一個顧客。她被帶到那個二號專用的位子上，等待那個著名的二號。只有每月二號這一天的第一個顧客可以由二號親自打理髮型，這是這個髮型屋的慣例。其餘的選擇二號的顧客都必須經過排隊預約才行，而預約，即使最短的也需要半個月以上。因為那個美麗的傳說：「每個經過二號親自設計髮型的女生都會有好運降臨。」

據說，本城的女子收到的最好、最讓人羨慕的生日或者情人節禮物，就是一張美麗人生二號的預約卡。而每一個由二號設計髮型的新嫁娘，都會擁有幸福、美滿的婚姻。甚至有不少慕名者從其他城市趕來到此地，不為觀光、不為購物，就是來到美麗人生、專程請二號設計髮型。毋庸說，本地的貴婦名媛、電視臺知名主持人、菁英白領……都是二號的顧客。即便她們，也要經過預約等待後才能得到二號的親手打理。所有這些傳聞，造就了這位二號的傳奇。

等了好久，二號終於姍姍來遲。身邊，助理在向他彙報今天預約的客人。

「十點半，金馬大酒店的王總……」

「十二點，電視臺的劉小姐……」

二號看見了靜靜地坐在那裏的她，助理追隨著他的目光說：「這是今天的第一位顧客，已經等了三個多小時了…」

他走過去，用手撚熟地撥弄了一下她的頭髮。

「剪短髮？」

她點了點頭。

二號專業地打量著她的臉型、頭型、還有髮質。她從鏡子中看到那張專注認真的臉。她感覺到她精心護理了四年多的秀髮在他的手裏像聽話順從的鴿子，不，像被任意宰割的鴿子。她有些微微的心痛，那是被大學宿舍的姐妹們稱羨不已的秀髮，是她引以為傲的美麗資本。現在，她只在頭髮的間隙中，看到那修長靈活的手指用她的頭髮演繹著他的藝術。無辜的零碎的頭髮隨著他手指的舞動、在她眼前飄落。她閉上了雙眼。

不知過了多久。

「好了，可以了，睜開眼睛吧！」

那是個磁性沉靜的嗓音，略有一絲善意的揶揄在裏面。或許，一個閉著雙眼來讓他剪髮的女子，她是第一個吧！

她幾乎不敢睜開眼睛，她無法想像鏡子中的她會是怎樣陌生的自己。那是她嗎？鏡子裏那乾淨俐落的、時尚的、甚至是俏麗可人的女生？她不可置信地看著鏡子裏的自己。驚喜和懷疑交織在臉上。

「怎麼，不相信自己的眼睛？自信點吧，美女！」二號看著她的表情，露出了潔白的牙齒。笑著拍了拍她的肩，轉身走了。

她走出髮型屋，外面陽光燦爛。

陽光、微風、街邊美麗的梧桐樹、繁華的街市、街上流動的人群，她突然覺得所有這一切是那麼美好！

她覺得輕鬆極了，步履也輕盈起來。一切是那麼生機勃勃，一如她的青春無敵。

她轉過身又看到了那四個字——美麗人生。真的呢！走出這個店的人都會發現人生的美麗，原來那些傳說都是真實的！她的年輕美麗的背影，在陽光下，所向披靡。

劉天遙

作者簡介

劉天遙，江蘇省南京市人，南京市作家協會成員。畢業於南京師範大學文學院古典文獻專業，獲得碩士研究生學位，現就職於江蘇鳳凰集團少年兒童出版社，從事文字編輯工作，同時為香港《新少年雙月刊》兒童故事專欄寫稿。

二〇〇五年參加北京《博覽群書》雜誌舉辦的「和平杯」讀書徵文比賽，獲三等獎。畢業論文〈中國傳統啓蒙教育中男女教育之比較〉一文在《中國教師》二〇〇七年一月期上發表，〈梁祝申遺之啓示〉一文在《江蘇科技報》上發表，〈蟲子的故事〉一文在日本彩虹集團出版社二〇〇九年兒童文學特輯第二卷中被翻譯刊載。撰寫《弟子規注釋版》一書，由廣西師範大學出版社出版，另有多篇文章在《金陵晚報》、《現代快報》、《文教資料》、《古籍整理與研究》、《東方娃娃》等報紙期刊上發表。

躲貓貓

一天晚上，媽媽拎著她的大行李箱準備出門，我感到有些難過，因為每次媽媽拎著這個紅色的行李箱離開家時，我都要有好長一段時間見不到她，這次又會是多久呢？

「媽媽，你要去哪裏呀？我什麼時候才能再見到你呢？」

媽媽低頭看著我，蹲下身來，緊緊地摟住我，對我說：「小葦，媽媽這次想和你一起玩躲貓貓的遊戲，不過媽媽要找一個不容易被你發現的地方藏起來，看看你能不能把媽媽找出來，你說好不好？」

原來是這樣啊，我笑著答應媽媽：「媽媽你終於有時間陪我一起玩啦，太好了！那你要快點藏好，讓我來找你啊。」

一天過去了……

兩天過去了，周圍靜悄悄的……

三天過去了，還是沒有一點兒動靜，媽媽藏好了沒有呢？

「爸爸，媽媽在哪裏呀？」第四天的晚上，我忍不住問爸爸。

爸爸停下了敲鍵盤的手，卻並不看我，過了一會兒才慢慢地說：「媽媽不是告訴你了嘛，她要和你玩躲貓貓呀，小葦這麼厲害，她當然得花久一點的時間找藏起來的地方啦，你說對不對？」

「嗯，好吧，」我點點頭，「那我就再等一會兒吧。」

週一下午，幼稚園裏好熱鬧，當室外活動開始時，小朋友們歡呼雀躍著，一個一個像小鳥一樣飛出了教室，來到院子裏。

莉莉老師讓大家排好隊：「今天我們玩躲貓貓的遊戲，大家說好不好呀？」

「好！」小朋友們一齊大聲回答。

「老師，讓我來找吧。」我舉起小手說。

老師同意了。

一、二、三……當我數到十後睜開了眼睛，周圍靜悄悄的。

「我要開始找嘍！」

滑滑梯頂上的「蘑菇」洞裏，一定藏著小松，他總是說那裏是他的秘密基地。

「還有心心，快點從花壇下面出來吧，你的紫裙子露出一個角來啦。」

大熊會不會在教室裏面呢？我和心心、小松來到教室的工具角，儲物櫃的門微微張開著，從縫隙裏還能看到藍色的格子布，這一定是大熊的肚子！

「出來吧，找到你嘍！」

小朋友們一個接一個地被找到了，可是，我仍然在找，去假山後面，去菜園邊，去生物角，甚至隔著幼稚園的欄杆向外面望去。

「小葦，你在找誰呀？是誰藏得那麼好，還沒被找到呢？」莉莉老師笑著問我。

「我在找媽媽！」我回答道。

「可是你的媽媽現在不會在這裏呀。」莉莉老師感到有些納悶。

「哦，媽媽沒有藏在這裏，那她會在哪裏呢？我繼續找吧。」

我去了公園。媽媽曾經帶我去過一次公園，她抱著我，坐在湖邊柳樹下的長椅上，我們用麵包屑餵游過來的鴨子，水下的小魚兒也游過來搶著吃，我們還一起吃了大篷車上賣的冰淇淋……現在不遠處正停著一輛賣冰淇淋的大車，許多人在排隊。

啊，那是媽媽嗎？我的心怦怦直跳，她好像就在人群中，我跑上前去，用力擠進人群，想去拉媽媽的衣角。可是，那並不是媽媽，她只是戴了一個和媽媽一模一樣的蝴蝶髮卡。

我去了「奇樂兒」兒童公園，雖然奶奶常常帶我來這裏，可是我一直盼望著能和媽媽一起來。今年的六一節就是媽媽帶我來這裏的，她站在充氣城堡的「圍牆」外面，我在裏面跳呀，打滾呀，在城堡裏穿來穿去，每次鑽出來的時候，我都能看到媽媽在一旁等著我、向我招手。

媽媽呀，你會不會藏在這裏了呢？我坐在臺階上，看到許多阿姨經過我的身邊，可是，她們並不是我的媽媽，她們都牽著自己的孩子。

我去了商場，這裏有好多好多漂亮的裙子。媽媽的衣櫥裏也掛著許多裙子，有長的，有短的，有的輕輕薄薄的，有的厚厚沉沉的，有的顏色深，有的顏色淺。也許媽媽會在這裏呢，可是眼前的衣服太多了，我只能從這排衣架間鑽過去，再從那排衣架間鑽過來。那些裙子真好看，是媽媽喜歡的紫色，我走了過去。

「媽媽——媽媽——！」我向試衣鏡前那個穿紫色裙子的人跑了過去，緊緊抱住她的腿，「我終於找到你了！」

「小朋友，你是不是把媽媽給丟了呀？」一個陌生的聲音在問我。

我抬起頭看，原來她不是媽媽，我好失望：「對不起。我沒有把媽媽丟了啊，她在和我玩躲貓貓呢，我會找到她的。」

我去了菜場，媽媽並不常常做飯，可是我很愛吃她燒的菜，糖醋排骨、紅燒魚、蛋包飯、糯米蝦球……有一次，她還給我烤了維尼熊、米老鼠、比卡丘形狀的餅乾讓我帶去幼稚園，我的朋友們可喜歡了。

「奶奶，我媽媽在這裏麼？她買過這種魚的。」我指著玻璃缸裏有著小小腦袋和大大身子的魚問道。

老奶奶從幾隻玻璃缸後面探出頭來，溫和地對我說：「是小葦呀，你的媽媽沒有來買魚哦，她是不是到別的鋪子去了呀？」

我又去了做豆腐的叔叔那裏，去了賣玉米的小姐姐那裏，還遇見了正在搬蘋果的大哥哥，可是，他們都沒有看見我的媽媽。

一個月過去了，我還是沒有找到我的媽媽。一天下午，小夥伴們陸陸續續被家長們接走了，只剩下我和心心還有大熊，我們又玩起了躲貓貓。當我數到十後睜開了眼睛，忽然，我看到了我的媽媽！她就站在不遠處的操場上，笑著向我招手，還叫著我的名字！

「媽媽——媽媽——！」

我飛奔過去，撲進媽媽的懷裏，緊緊抱著她，她也緊緊地抱著我，還一直親我的臉頰。

過了好一會兒我才對她說：「媽媽，你可真厲害，藏得這麼好，我找了好久、好久才找到你啊，我好想你啊！」

媽媽把我摟得更緊了，她輕輕撫摸著我的背說：「小葦也很厲害呀，媽媽藏得這麼好，可還是被你找到了呀！媽媽也好想你！」

我們一起吃了巧克力蛋糕，還喝了果汁，又一起讀了故事書，那是一個關於小兔子和兔子媽媽的故事。

最後，媽媽要走了，她親了親我，轉身要離開，我在她身後叫她，她又回過頭來看著我。

她的眼睛有些濕潤，但還是微笑著對我說：「你不想和媽媽再玩躲貓貓了嗎？」

「媽媽，那這個遊戲什麼時候才結束呢？」

候診室

一九九二年七月二十日上午十點。

省第一醫院二樓的眼科部候診室裏，三排木頭長椅上坐滿了人，還有不少人站在走道裏，窗外知了的叫聲一聲比一聲響，持續的聲音像是沒有盡頭似的，房間裏的電風扇在頭頂上不慌不忙地旋轉著，發出哐——哐——哐的聲音。

「媽媽，我要吃雪糕！」一個小男孩趴在媽媽的腿上，晃著媽媽的手說道。

「哇——！」角落裏那個三歲的小姑娘大概是熱壞了，也站累了，突然哭了起來。站在旁邊的爸爸怕打擾大家，趕緊抱起女兒，小聲地哄著她。

也有孩子在人群中玩得不亦樂乎，一切可以爬的、可以鑽的地方都成了他們的遊樂天地，一個小女孩甚至爬到了護士臺的櫃子上，正努力翻進去。

「這是誰的孩子，大人怎麼不看著點？」一個高個子的護士正從醫生的辦公室走出來，看到護士臺旁牆壁上的腳印，皺了皺眉頭說。

這時，一個三十多歲的女子趕緊從座椅上站起來，一邊抱住那個女孩，一邊對護士說：「對不起，對不起，給您添麻煩了！請問什麼時候才能輪到我們呢？」

護士看了一眼女子手中的排號紙，搖了搖頭說：「還早著呢，等著吧，到了會喊的。」

女孩在媽媽懷裏待了一會，便又鑽到椅子下面去玩了。女子剛想阻攔，卻又歎了口氣，什麼也沒有說，低著頭，緊緊抓著排號紙。

「二十六號徐一諾，進來！」護士拿著辦公室門口臺子上的病歷喊著。

聽到女兒的名字，女子趕緊拉著女兒的手，匆匆走進辦公室。

十幾分鐘後，醫生辦公室的門打開了，女孩蹦蹦跳跳地走了出來，一臉輕鬆的表情，好像完成了一件大任務似的，走在後面的媽媽仍然一臉凝重。

「媽媽，快來呀，爸爸來了！」女兒在樓梯口喊她，她才回過神來。

樓梯口處站著一位中年男子，外表溫和，上身的襯衫已經被汗水浸透了。他上前幾步，接過妻子手中的包，讓妻子在牆邊的椅子上坐下，小女孩依舊一刻不停地在玩著。

「醫生怎麼說？」男子問道。

「醫生說一諾的眼睛是輕度近視，現在有兩百度，可是像她這樣的孩子大多度數會不斷加深的，你說該怎麼辦啊？」妻子焦急地望著丈夫。

「你看一諾這麼小，就要戴著一副大眼鏡，多重啊，還要戴一輩子，真是太可憐了！」妻子說著說著，眼淚都快要流出來了。

男子此刻也非常緊張，可仍然握著妻子的手安慰道：「沒事的，沒事的，我們再找別的醫生想想辦法，沒有那麼嚴重的，你別擔心啊！」

女孩這時也跑了過來，學著爸爸的話說：「媽媽，沒事的，沒事的！」還用胖嘟嘟的小手晃晃媽媽的腿，媽媽收住眼淚，笑著摸了摸女孩的頭。

二〇一二年七月二十日上午十點。

省第一醫院二樓的眼科部候診室裏，六七排藍色的靠背椅將整個候診大廳塞得滿滿當當，過道與座椅之間只能容下一個人通過，所以來回穿梭的人們常常要停下來，等對面的人過去。

大廳裏冷極了，牆角的空調風吹得人直打冷顫，有的人低著頭，默默等著護士喊號，有的人聚在一起交流著各自的情況，也許正是因為素不相識，所以大家的言談毫不掩飾，掏心掏肺，訴說著自己或是親人的病痛，也希望從他人的情況中瞭解一些可以參考的資訊，聊以寬慰自己焦慮的心情。

護士站的喊號器隔幾分鐘就會用聽似關切的語調報出排號和姓名，然後從人群中就會猛然站起一個或兩個人，急忙走進醫生的辦公室，生怕耽誤了自己短短幾分鐘的看診時間。

醫生辦公室的門打開了，一個二十多歲的女孩走了出來，神色焦慮，慢慢走到座椅邊，坐了下來，垂著頭不說話。她身後那位五十歲左右的婦女應該是她的媽媽，也慢慢在她身邊坐了下來。

「你說我以後該怎麼辦啊？」女孩終於開口說話了。

「什麼怎麼辦呢，就按醫生的方法治療啊，總會好的！」媽媽安慰女孩。

「可是誰知道什麼時候能好，能恢復到什麼程度，醫生也沒有把握啊！我的眼睛要是有什麼問題，那我還怎麼工作呢？我才剛剛開始工作，一大堆事情要我做，我這樣下去該怎麼辦呀？」女孩低著頭，眼淚都快流出來了。

媽媽摟著女兒說：「一諾，你的眼睛從小就不好，也容易得角膜炎，沒關係的，別一開始就把事情想得那麼嚴重，我們配合醫生好好治，不行再去更好的醫院，總會有好轉的，你要老是發愁，不但眼睛好不了，還要生出其他病來了。沒事的，還有爸爸媽媽呢！」

一諾望著媽媽，眉頭稍稍鬆開了些，她使勁握了握媽媽的手，慢慢點了點頭。

趙麗萍

作者簡介

趙麗萍，河北省張北縣教科局教研室教研員、河北省教育學會會員、張北縣作家協會會員。在多年的小學教學和研究工作中，默默筆耕。多篇以教育題材為主的論文、微型小說發表在《天池小小說》、《金山》、《新課程報》、《張家口日報》、《張家口晚報》、《小學教學研究》、《教育實踐與研究》等報刊，部分文章被收錄入專集。

最合理的理由

兩年前，我們公司準備拆除位於老城東邊的一片破舊的居民區，改建成現代化的商品樓。這片居民區的房子都是平房，而且都有了些年頭，有的據說還是當年日本人侵華時蓋的。可以想像這片房子是多麼有礙市容，縣政府早就把這片地方作為舊城改造的首選之地。

根據有關規定，我們開出的條件是：居民們在規定的時間內搬出，等大樓建成，可以得到與原來的房子相同面積的一處樓房。大多數居民很快在意向書上簽了字，但也出現了幾個釘子戶。

這些釘子戶們的理由五花八門，有的說自己的房子比別人的好，同樣條件就吃虧了，想多要一些拆遷補助；有的說自己住了幾十年住慣了，住不了樓房；還有的說自己生活水準低，住了樓也交不起一年幾千塊的烤火費；還有一個老頭的理由更離奇，他說怕自己搬家後老伴找不到新家，而他的老伴已經死了三年了。

剛聽到小王向我彙報這件事時，我的腦子裏只出現一個詞——荒唐。這不是明擺著想多要錢嗎？竟然想出了這麼個理由，真讓人氣憤！但為了在規定時間內完成搬遷任務，也只好做些讓步了。我讓小王告訴這些釘子戶們，只要在規定時間內搬出去，可以悄悄給他們一些優惠。

兩天後，小王來向我彙報，說其他人都已接受條件，在意向書上簽字了，只有那個老頭不肯。

「什麼？他還真貪得無厭！」我氣得摔了文件。

但小王卻說：「經理，我們好像誤會他了，他不是圖錢。這兩天我也調查了一下，他的鄰居們都說他確實跟老伴的感情很深。他老伴去世前的三年，由於糖尿病導致雙目失明，一直是他侍候，做飯、餵飯、洗澡、拉著出去散步、曬太陽。他老伴去世後，他彷彿有點兒呆了，老對著空屋子自言自語，晚上睡覺還要鋪兩床被褥。他閨女想接他去家裏住幾天，他死活不去，說怕他走了，老伴會餓死。」

聽了小王的話，我的心裏一怔，決定親自去看一看。

下班後，小王把我帶到了那個老頭的家裏。這是兩間低矮的土坯房，院子比屋裏還高，下了三四個臺階才進了屋。不知道是房裏太暗，還是眼睛不適應，過了好一會我才看清裏邊的擺設。靠窗戶是一盤土炕，占去了屋子的一半。另一半靠牆擺著一排矮矮的櫃子，空蕩蕩的櫃子上只有正中間立著一個一尺見方的像框，裏面，一個老太太在微笑著。照片前面，放著一個碗和一雙筷子，碗裏的食物堆得像小山一樣。

那個老頭正在炕邊的爐子上忙碌著，看樣子是正做晚飯。看不清他的容貌，只看到一頭白得耀眼的頭髮，那頭髮很特殊，根根直立，像一根根倒插的銀針。

「這是我們經理。」小王向他介紹。

他抬頭看了我一眼，說：「誰來我也不搬。」就低頭繼續忙碌了。

我尷尬地站在那兒，走也不是，在也不是。

這時，空氣中彌漫著一股熬山藥的香味，想必是飯熟了。我決定等他吃完飯再和他談。

果然，他先從電鍋裏盛了一碗米飯，又往米飯上面盛了一些熬山藥，然後用筷子細細地拌著。拌了足足有兩分鐘，可能他覺得飯和菜已混合均勻了，才住了手。本以為他要開始吃了，沒想到他一手端著碗一手拿著筷子，走到櫃子前，對著那微笑著的老太太，喚道：「老伴，吃飯了。」

那聲音是那麼親切自然，讓人覺得他的老伴不是死了，而是正盤腿坐在炕上做著針線，或是在他的身邊洗著衣服，已經餓壞了，正等待著他的飯充饑。

他盯著那照片看了幾秒，然後把這碗熱氣騰騰的飯放到櫃子上，換下了原來那碗。他又回到爐子邊，把那碗舊飯倒進鍋裏，蓋上鍋蓋。片刻，鍋蓋上有汽冒了出來，他才盛出來開始慢慢吃。

我呆呆地看著他，忽然覺察到自己的想法是多麼猥瑣，就拉了小王一下，退出了屋子。

小王感慨地說：「經理，你信了吧，他老伴去世以後，他一直是這麼過的。我還是第一次見到這麼有情有義的男人。」

我也感慨道：「我相信，我以前誤會他了，他不搬家的理由是最合理的！」

小王問：「那不讓他搬了？」

我說：「怎麼可能因為他一個人影響了公司的計畫，我們再好好想一個合理的理由讓他搬出去吧。」

後來，經過調查，我們終於找到了一個讓老人搬出去的最合理的理由，老人雖然無奈但還是很快搬走了。

三個月後，這片居民區按計畫被夷為平地。一年後，十幢居民樓在這片空地上拔地而起。原來的居民們大多數又搬回來了。

銀髮老頭沒有回來，回來的是他的孫子。一年前，小夥子還在因為沒有樓房結婚而苦惱，現在他馬上要結婚了，眉眼裏洋溢的儘是幸福。

相見

我坐在臺下，凝視著臺上正在發言的他，看著他面前桌上那個寫著姓名的小牌子，腦子在不停地轉著。難道真的是他嗎？是那個我從沒見過，但經常思念的司馬仲尼嗎？

司馬仲尼，我一直以為只是一個網名。記得一年前，四十歲的我第一次上網。在一個教育類論壇，看到這個名字，不禁啞然失笑。再看看他發的帖子，盡是些脫離實際的空談。於是，我馬上在該論壇也註冊了一個名字——李伯陽。伯陽是老子的字，你不是孔子嗎，那我就是老子了。註冊成功，我馬上就在他的後面攻擊他。

他對我的攻擊似乎並不在意，只是以更透徹的理論和大量的例子來論證自己的正確性。說實話，他確實有一套，什麼《大教學論》，什麼《教育漫話》，彷彿這些教育資訊都在他的腦子裏存著，什麼時候想用，只需用滑鼠一點即可。我雖然積累了多年的教學經驗，但不得不承認理論水準不如他。不知從何時起，我們之間的火藥味消失了，經常像朋友般切磋問題。說是切磋，其實大多是我向他請教。

慢慢地，我發現自己開始依賴他，什麼事都想告訴他。腦子裏千百遍勾勒他的樣子，想像他的職業、他的家庭，甚至把他的手機號記在心裏，想像著萬一哪天我們突然見面的幾百種情景。

臺上的他仍在侃侃而談，與在論壇上一樣，妙語連珠。剛才聽主持人介紹，他是省一所高校的教授，在基礎教育理論領域有很深的造詣，這次是特地被邀請來給我們這些獲獎教師講課的。

我仔細凝視他，四十一二歲的年紀，高高瘦瘦的身材，一雙靈活睿智的單眼皮眼睛，潔白的襯衫。竟然與我的想像如此接近！

我抑制著自己激動的情緒，一直等他講完回到臺下，才用手機給他發了一條信息：「仲尼，你在哪裏？我想和你見個面。伯陽。」

發完，我看著他的背影，不一會，他從兜裏掏出了手機，低下頭一會，等他抬起頭時，我的手機響了，我一看，上面寫著：「真的嗎？太好了！我早就想和你見面呢，我們可以當面辯論了。不過，我正在北戴河參加一個會，明天下午才能結束。我們在哪見面呢？」

果然是他！那一刻，我真想像個小孩似的跑到他跟前，告訴他：「我在這兒！」

我又發過去：「你沒聽說過見光死嗎？雖然我們是同性，但我長得五大三粗，見了面，一定會嚇壞你的。」

很快，他又發過來：「從你那些細膩的文字，我斷定你是女性，怎麼，不敢和我見面了嗎？怕我吃了你？」

我驚呆了。難道他早就發現我是女的？難道他也有著我對他那樣的感情嗎？想到這裏，我不禁臉紅心跳。

一夜無眠。

第二天，他又繼續給我們講課。我一個字也沒聽見，只是望著他，在離他最近的地方癡癡地望著他，像一個初戀的少女。一個上午，我就那樣一動不動地坐著，任由那種幸福的感覺充盈全身。想和他相認的念頭像漲潮的大海，洶湧的波浪剛剛退去，另一波又接踵而至。

下午，會務組組織我們到山海關去爬長城。雄偉的山海關和浩瀚的大海絲毫沒有引起我的注意，我的腦子仍處於風暴的中心，我的眼睛在無意識中搜尋著什麼。當我氣喘吁吁地爬上一個烽火臺時，終於發現他正一個人站在離我不遠的地方憑欄遠望，眉頭緊鎖著，彷彿在思考著什麼。我不由自主地抬腿向他走去。就在走到他跟前的一剎那，我猛然醒悟，但為時已晚……

在回程的火車上，回味著與他見面的點點滴滴，我依然心潮澎湃。

如夢幻般，他轉過身來，露出親切的微笑，那微笑幾乎要讓我暈倒。他開口說話了，依然那麼親切：「很累吧？」

那一瞬間我覺得他一定知道我是誰。我覺得自己不會呼吸，不會說話了，只是傻傻地站在那，呆呆地點了點頭，然後目送他矯健的背影漸漸消失在城牆的下面，卻抬不動腳。

心情恢復平靜後，我給他發了短信：「仲尼，我們還是不要見面了，我怕嚇壞你，我還是在網上聆聽你的教誨吧。」

過了很久，我才收到他的回覆：「好吧，我們網上見！」

我微笑了，有個聲音在心底說：「我會永遠記住這次你不知道的見面。」

皖君

作者簡介

皖君，本名王慧君，原籍安徽金寨。目前供職於江蘇省蘇州市吳江區平望鎮人民政府宣傳辦，擔任平望鎮《鶯湖》社刊和《鶯湖》報主編。江蘇省作家協會會員、江蘇省微型小說研究會會員。

先後在《青春》、《揚子晚報》、《人間方圓》、《蘇州日報》、《姑蘇晚報》、《伊犁晚報》等雜誌與報刊上發表散文、散文詩、詩歌等千餘篇章，並有作品入選《二〇〇八年值得中學生珍藏的一百篇散文》、《江城新顏》、《時光裏的溫馨與惆悵》等。

從二〇〇七年開始主攻微型小說創作，迄今為止，在《雨花》、《清明》、《東方劍》、《天池》、《短小說》、《百花園》等雜誌發表微型小說兩百多篇，並有作品入選《微型小說選刊》、《六安文學六十年》等選刊、叢書。著有微型小說集《情歸何處》。

兩個電話

那天中午派出所副所長蘇帥和所長劉坤一起剛走出食堂，兩個人的手機同時響了起來。

「喂，什麼？——確定嗎？」蘇帥說。

「喂，什麼？——確定嗎？」劉坤說。

蘇帥和劉坤依然在聽著電話，不停地「嗯，嗯，好，好。」收起電話，蘇帥表情凝重，劉坤喜形於色。

同時，蘇帥和劉坤轉向對方。

「老蘇——」劉坤發現蘇帥表情不對勁，「家裏電話吧，出什麼事了嗎？」

「老劉——」蘇帥發現劉坤一副如釋重負的樣子，「沒什麼，是不是那案子有眉目了？」蘇帥轉移了話題。

蘇帥和劉坤搭檔已經五年了，在系統內部被稱作一對黃金搭檔。彼此瞭解，如同瞭解自己，尤其在對待案子上，都非常敏感。

幾個月前，那樁搶劫重傷案，由於犯罪嫌疑人童衛畏罪潛逃，案子懸而未結，成了全所民警的心病。

說到案子，劉坤終於長長出了一口氣，說：「那小子，跑到湖北去了，那邊派出所來電話說，童衛故伎重演，被他們逮個正著，關在看守所裏，要我們去帶人。」

「那好啊，我去吧。」

蘇帥是副所長，為了追逃犯，經常奔赴在全國各地。

「嗯，你和大偉今天下午就去。家裏沒事吧？真有事，別瞞著，我安排其他人。」劉坤拍著蘇帥的肩膀說。

「事情不大，虹都辦妥了，你放心。」蘇帥的笑容有些牽強。他想，所裏就這麼幾個人，手裏都有任務，就是大偉也不閒，連續幾天都下社區開展警民懇談呢。

蘇帥立即回宿舍收拾東西，一邊給妻子虹打電話：「今天回不來了，臨時有任務，要外出幾天。真得確診是晚期了嗎？怎麼一下子就到晚期了呢？」蘇帥胡亂把毛巾牙刷牙膏塞進包裏，如同他此時紛亂的思緒，強行打包一樣。

「早就有苗頭了，老爺子一直在掩飾，不讓告訴你，你也不想想，你一年在家待多少時間啊，每次回來不是很晚了，就是匆匆忙忙的，怎麼能看得出呢？」

「嗯……嗯……」蘇帥一時無語，喉頭哽咽。

作為警察，蘇帥能從犯罪嫌疑人的一個眼神，一個動作就能看出他們的所思所想，由此找到突破口，瓦解他們的心理防線，一舉破獲棘手的案子。

而自己最親愛的父親的病情，怎麼就沒有看出來呢？是父親太過高明，偽裝太好？還是自己太過忽略？或根本不曾在意呢？蘇帥的記憶停留在半月前那個星期天。一家人吃晚飯，吃到一半時，父親放下筷子，去了衛生間，出來後，臉色煞白。

「爸，你沒事吧，臉色不對啊，要不要去看醫生？」

「沒事，吃到了一粒生鹽，反胃。」

蘇帥是知道父親有這個毛病的，那還是他小時候的事情，那時的鹽都是大顆粒的粗鹽，一不注意，菜裏總有一粒兩粒的「漏網之魚」不被融化。只要父親吃到，準保反胃嘔吐。為這，還不止一次責怪母親不會燒菜。

那天蘇帥有過一剎那的疑惑，現在家裏的鹽都是強化細鹽，怎會殘留生鹽呢？後來接了所裏一個電話，就沒再多想這事。

「你快去快回，這次看來是個坎，老爺子能不能邁過，難說……你在外要注意安全，家裏有我……」虹在電話那頭哽咽如訴。

蘇帥眼睛濕潤：「謝謝你，辛苦了……」

第三天，蘇帥回來了，來不及卸掉長途跋涉的風塵，匆匆趕回父親住院的醫院。

推門進去，床位空著，潔白的床單，有些耀眼，刺得蘇帥有些昏眩，一絲不祥掠過蘇帥的腦際，他攔住走過來的護士：「二十床的蘇岩呢？」

「住院的當天晚上就走了，你不知道嗎？你是他什麼人？」年輕護士臉上沒有悲憫與傷感。

蘇帥踉蹌了一下，搖了一下頭，捋了把頭髮，站穩，走出了醫院。

從警二十年，只要蘇帥出警在外，即使家裏有天大的事，虹都不會說，這已經成了他們之間的默契與理解。

路上蘇帥給虹電話問：「父親在哪裏？」

虹說：「在家裏。這次是醫生誤診。不過醫生說，父親今後還是要注意飲食和調養，不然真的會病變。」

蘇帥鬆了口氣，一連聲說：「謝謝……」

難以替換的愛

五年前的九月，他們在校園裏初次相遇。他的帥氣，驚異著她的眼眸；她的優雅，叩動著他的心扉。

教職工大會上，校長的介紹讓他們知道了彼此是老鄉。散會後，他說：「沒想到我們是老鄉，難怪我見到你的第一眼就覺得親切。」

她笑而不語。

因為老鄉，他們自然走得很近。

雙休日她會去他的出租屋，幫他洗衣做飯整理房間，她感覺很幸福。而他卻認為他們是老鄉，他也就坦然地接受了。

她在默默地愛著他，可他沒有感覺，因為他愛著另外一個女孩。

每當他絮絮叨叨地說著對那個女孩的思念時，她的心會疼，很疼。但她總是靜靜地聽著，然後像姐姐哄著受了委屈的弟弟一樣，讓他的頭靠在她的心上，輕輕地說著一些安慰的話……她很多次都感覺自己的那根心弦快要斷裂了。她瞭解自己並不堅強，擔心再這樣下去，總有一天她會崩潰。為了逃避，她常常獨自一人騎著單車到郊外，賓士在每一條田埂上，任淚水一次次被風吹乾……

就這樣過了三年，第四年的那個暑假過了一半，他給她電話：「我想早點回學校，你願意陪我一起去嗎？」

「她呢？」

「不說她，只說你願意還是不願意？」

她當然願意，因為她期待這個時刻已經太久太久了。於是第二天，他們雙雙回到了他的出租屋。來不及抖落旅途風塵，他就一把將她抱在了懷裏：「我的心死了，你愛我嗎？」

「如果不，現在我會在這裏嗎？」她反問。

他的唇蓋上她的唇，很小心，迅速又移開了。

短暫的過程，她感知了他的矛盾與掙扎，他心中的那個女孩無人能夠替代。

八月的天氣，很熱，她卻感覺很冷。那一刻，她忍不住問他：「你愛我嗎？」

他輕咬她的耳垂，寂靜的小屋聽不到他的隻言片語。

她悄悄拭掉臉上的淚水。

很久，他只說：「你很好，不會有人像你這樣寵我愛我。我虧欠你太多，恐怕這一生都無法還清。」

她不想聽到這些，愛不是等價交換。可是，她愛他。但這種愛能堅持多久？沒有答案。她只能傻傻地安慰自己：愛是包容是信賴，是期盼更是忍耐。

是的，他們戀愛了，然而她享受到的苦澀多於甜蜜，他還是那麼在意那個女孩，女孩的電話與資訊左右著他的喜憂歡愁……

他認為她什麼都知道，所以並不對她隱瞞。他以為她還會像以前那樣靜靜聆聽靜靜接受，但她已經做不到從前。從前，她是滿心地希望和等待，以為總有一天他會感動，會將心比心，會知道珍惜和體貼，會留一點空間給她；如今，她耗盡所有的激情為他一次次癒合傷口，自己卻是傷痕累累。即使在他把她抱得最深最緊的時候，她發現那些傷疤依然疼痛，心也一日比一日空落，找不到歸依的枝頭。

這個學期的一天晚上，他酒後歸來，她為他開門，扶他到床上，他捉住她的手：「燕燕，我知道你不喜歡我喝酒，我會改，下不為例……燕燕，我愛你……」

燕燕——那個女孩的名字。

驟然，她的心一陣抽搐，淚水不禁湧出眼眶。她抽出手，轉身來到窗邊拉開窗簾——萬家燈火綻放在每個窗口，溫馨而詩情。

哪一盞屬於我？她感覺從未有過的孤獨與多餘。

夜深了，有微微的露水悄然濕潤了窗檽。她關上窗回到床邊，他已經微鼾聲聲了。她輕輕為他蓋上一條毛巾毯，然後靜靜地守候在床邊，慢慢梳理著紛亂的思緒……

夜深了，她最後一次為他收拾了房間，然後坐到電腦前，給遠方的同學發電子郵件，請她幫助聯繫學校。

她走得悄無聲息。她怕他挽留。儘管她知道，他的挽留只是一種習慣和依賴，而不是愛……

白沙

作者簡介

白沙，原名夏妙錄，浙江省溫州市作協成員，中學教員。有小說在《西湖》、《小小說選刊》、《微型小說選刊》、《初中生學習》等數十家報刊發表。作品收入《二〇〇八年值得中學生珍藏的一百篇故事》、《小學生必讀的一百篇成長小小說》、《最具小學生人氣的一百篇小小說》、《二〇〇九中國年度小小說》、《中國當代閃小說超值經典珍藏書系》等十多個選本，曾獲第二屆吳承恩文學藝術獎。出版小說集《借你一點自信》、《三百年前的答卷》（兩人合集）。

父愛如山

父親是一位間歇性精神分裂症患者，我很少和別人提到這種病名，只怕有損父親的形象。在我的家裏，「瘋子」這詞是眾人避諱的，只怕觸動父親心中那根感傷的弦。然而年少時的我幼稚得汗顏，不但不知道感恩，反而把父親的病看作是自己無法抬頭直面人生的理由。

我總是在心中最隱秘處將父親藏匿，小心翼翼地。

我不知道父親的病因，母親說他在一座深山老林裏日夜勞作，幾個月後的某天夜裏突然就失常了。在父親心中一直有道坎，他無法輕易邁過去。無法邁過去的坎在特定的環境作用下演變成心中的魔，那魔操縱了父親的言行。

父親在一個開始寒冷的時節發病。那些天，父親把我當作他心中的暖爐，他抱著我、親著我，給我講述闖蕩天南地北的艱辛，講述夜宿深山老林的恐怖。他囑咐我要學會堅強，挨罵不哭泣，挨打不求饒。很明顯，父親此時的神智處於一種瘋癲狀態，父親曾經抱著我從二樓的視窗跳下去，在山崗山嶺間來回奔走，不論別人怎麼懇求，他就是不肯把我交出去。讓家人難以想像的是父親從沒把我摔傷或者弄哭。我想，那時候的父親是一隻樹袋熊，我在他臂彎構建的育兒袋中蒙受他的庇佑，但是我毫不知曉父親的心魔在離我咫尺的地方一天天瘋長。

父親第二次發病在一個炎熱的季節。

我和弟弟中考後，全家人都在等待結果。備受期盼的那兩張通知書，像蝴蝶一樣飄飛在母親的夢裏、我的夢裏、弟弟的夢裏。

父親沒有入夢，他徹夜不眠。

蝴蝶一樣美麗可愛的通知書沒有飛進我們家，我和弟弟被拒絕在中專院校的門外。

父親的心碎了。

父親又一次像蝴蝶般飛出了窗外，一路狂奔不止。父親在狂奔中的囈語都與我和弟弟的中考成績有關，關鍵字是「三分」。

「三分」成為我心中永遠的疤痕，我站在以它為界的中專院校門外哭泣，同時承受著面對父親的巨大愧疚。

父親受病魔的控制將近一個月後，一下子清醒過來了。

他到山崗山嶺間挑選竹子，在細碎的竹條子上編織著更大的夢想——

他兒子和女兒的大學夢。

父親是個篾匠，編得一手好竹席，他的竹席是人們夏季裏外出時表達友誼的饋贈品。父親編製的竹席走南闖北，有的去了廣州、深圳、海南，有的去了上海、北京、遼寧。父親的篾刀上寄託著一個同樣的夢，他要讓我們姐弟做他的夢中人。

一九八九年的七月七日是父親無限徬徨的日子，也是讓一家人無比驚恐的日子，同時也是父親的竹席生意最紅火的日子。那天上午，我和弟弟再次走進高考考場。

父親本該在家裏編製客人催逼著要拿走的竹席，但是他做不到。父親在編製竹席的花紋時一錯再錯，他不得不放棄手頭的活計。

父親和其他一些家長坐到了考場附近。

多虧那時候對考場的周邊環境沒有嚴格把守，否則我不知該怎樣去想像我那恨不得撲進考場、撲到我們身邊的父親。

每考完一科走出考場總能看見父親一臉的詢問，但他沒有把心中的疑慮變成語言，他知道那樣做只會讓我們的心情更加壓抑。

父親沉默如山。

到家裏接過父親為我們準備的鮮荔枝，我的心情沉重如山。

那時候荔枝的價格是一斤九元，父親的竹席價格是每條三十一元，也就是說一條竹席還夠不上四斤荔枝的價錢。

七月七日到七月九日，每一分每一秒鐘都是在父親的心尖尖上碾過。那幾天父親吃得極少，夜不成寐。

等待分數線的日子是蚌肉裏嵌進沙粒的日子。那兩份已成定數但還不為人知的分數正在演變，從沙子演變為珍珠。我們一家人是流動的蚌肉，沙粒所到之處疼痛隨之而來。

漫在我們家的空氣疼痛，進入我們家的陽光疼痛。

父親幾乎又被心魔控制了言行，靠一種叫做「奮乃靜」的藥物麻痹著神經。藥物作用下的父親，神情呆滯，動作遲緩。

當我們姐弟收到大學錄取通知書的時候，父愛已然成為一座小小的墳丘。

我和弟弟應該是他最好的一劑藥，可是他沒等到我們回饋他的那一天。

你是我的重點

十六歲那年我異常地憎恨「重點」二字，原因是我在與重點二字對立的「差班」裏。

我們學校每年都給初三學生分班，把學習好的集中在一個班叫重點班，其他的班級叫平行班。平行班就是差班、垃圾班。

我進入垃圾班的一段時間內，非常迷戀一種撲克遊戲，叫拱豬。母親常找不著我吃飯。

開始我們不來錢，只拿輸牌的人當豬取樂，讓他用嘴唇拱開眾多疊放著的撲克牌，像豬尋找食物一般，尋找那張我們藏匿的「豬」，黑桃Q。找到黑桃Q再用嘴唇叼出來，才算由豬演變為人，可以挺直腰杆繼續下一輪遊戲。

讓我們覺得倍感解氣的是，我們商議好拿拱豬的人當校長或給我們上課罵我們垃圾的老師，向他大聲喊叫：「蠢豬！笨豬！豬頭！豬腦！」或者譃開嗓門粗聲粗氣地模仿豬爭槽搶食的聲音，還拿手指戳他的頭顱，

「豬」一概不生氣。這種指桑罵槐的場面說有多刺激就有多刺激。

在這樣的場面下，母親喊我吃飯的聲音就顯得很是蒼白無力。

直到父親的出現。

父親手上總是揮舞著木棒，嘴裏吆喝著「你這個豬頭！」我在吆喝聲中悻悻回家。

後來，記得是在我被數學老師刮了耳光，又讓班主任叫到政教處挨了幾個飛毛腿之後，我建議把「豬拱食」的環節省略去，讓輸牌的人拿出一分兩分或五分的硬幣代替。輸出來的錢充公，交我保管，等到數目夠我們去一趟縣城，我們就集體蹺課去縣城見見世面，順便找點事做，永遠不回那個垃圾班讓人看輕。

父親發現撲克牌邊上有硬幣後，他手上的木棒就不只是威脅作用，常常冷不丁地就落在我的背上、腿上、手臂上，讓我在劇痛中丟下錢，像隻受驚的老鼠幾下子躥進山林不敢出來。

直到母親來叫喚。

母親不是我的生身母，在我咿呀學語時，生母的娘家人教我喊母親為姨，我很不懂事地就這樣喊了她十六年。其實她為了我寧願不生育，她說只有這樣我才能成為家庭教育的重點。

有一回我翹課去拱豬，又被父親捉住。一陣亂棒之後，父親叫我滾得遠遠的，別再回家，那樣他就可以讓母親生一個聽話像樣的兒子或女兒。

這話比落在我身上的木棒更疼，疼得很徹底。

我瘸著腿回家整理衣物，反正讀書讀得很窩囊，沒人拿我當重點，倒不如出去打工，永遠不回來受氣。

那時，「永遠」這詞很有感傷力度，常把自己感傷得英雄氣短：早上第一節課剛打算離家出走，第二節課就改變主意。

但是，這回很堅決了。

是母親攔下了我。

母親扯著我的行囊說了一大堆的好話，有句話讓我的心顫抖了一下。她說：「你永遠是我的重點。」

自從分進了差班，我就對「重點」這個詞特反感，但是從母親口中出來的這詞卻讓我流了淚。我知道她真拿我當重點，儘管我進了差班成了垃圾學生，也不可能考上好的學校。

在我拒絕中飯和晚飯後，母親又來到我的房間守著我。打小我有什麼心思就逃不過她的眼睛，她知道我想趁著夜色離開家。

母親在燈光下守著床上的我，同時守著書桌上的飯菜。

母親說：「你把姨當重點嗎？」

我在心裏默認了但不出聲。

母親又說：「你別讓我唯一的兒子餓壞啊？」

我轉過身面向牆壁，在心裏譏笑她拿我當兒童哄勸。

母親一遍又一遍地熱飯菜，一遍又一遍地叫我別把她的獨生子帶上歪路，或者送進監獄，甚至送上不歸路。她說，那樣她就會孤苦伶仃地度過餘生，老了沒人養，死了沒人送終……

我終於忍受不住她無比真誠又帶愛意的叨嘮。

我默默地起身。

母親高興地跳躍起來，飛也似的奔到我的床前，抓住我的手臂，像攙扶老奶奶似的把我扶到書桌旁。

母親站在書桌旁說：「我就知道你心疼姨，捨不得姨為你傷心。」

我再也無法讓內心的大海平靜如斯，我開始淚水滂沱地吃起飯菜。

吃完，我喊了一句：「娘，我飽了。」

那是我有生來第一次喊娘，娘愣在那裏沒應我，直到我喊第二句，她的臉綻放成一朵墨菊，應了聲：「哎。」

從那以後，娘成了我生命裏的重點。

安石榴

作者簡介

安石榴，本名邵玫英，黑龍江省海林市人。黑龍江省作家協會會員。出版小說集《全素人》、《大魚》。小說〈大魚〉、〈關先生〉曾獲《小小說選刊》原創獎、佳作獎、優秀作品獎。作品入選《中國當代小小說大系》、《新中國六十年文學大系‧小小說精選》，及灕江、花城、長江出版社的年選。有作品被《青年文摘》、《小小說選刊》、《微型小說選刊》、《青年博覽》、《格言》、《特別關注》等刊物轉載。

表哥與秘密

表哥在幾近成年而未成年的那幾年中，每一個暑假都會在我家住上一段時間。現在想來，那是兩個家庭融合與疏離的結果。在那些漫長而顯得懵懂的日子裏，大表姐漸漸淡出了，表哥留了下來。領著我在轟鳴的山水回聲中，搬開河裏的石頭捉小龍蝦的蒼白少年，終於長成一個高挑瘦削的青年。可能還有一點少年的影子吧？他跟我說，如果睡前把一枚硬幣放在胸口上，這個人就永遠也醒不來了。我發了一下午的呆，偷偷拿出一枚硬幣揣度，有點懷疑，有點相信，一度無法自拔。

現在我不相信表哥的鬼話了，可還是不想甚或不敢去試一試。為什麼會這樣？我自己也不知道。

表哥和大表姐都是大姨的孩子。

我對大姨，也就是我媽媽唯一的姐姐只有一個清晰的印象。那年我五歲，半夜裏被壓抑的啜泣聲驚醒，睜開眼睛，看到媽媽和一個很像媽媽的婦人相對著流淚呢。

我和父母一個房間，我哥哥自己一小間，姐姐們和奶奶一間。所以這件事，別人不知道。我爸爸常年在外，當時也沒在家。

在昏黃的燈光下，媽媽和大姨低低地啜泣。我長大之後覺得她們極力壓低聲音似乎並非怕驚擾我，而是怕驚擾奶奶和哥哥姐姐。我說了，那時我五歲，還不能算是個「人兒」。她們注意到我愣怔怔地看她們的時候，大姨笑了一下，溫和地說：「喲，看看，把孩子驚醒了。」說著，就從身邊很大的布制兜子裏取出一個東西來給我。我拿在手上仔細看，是個小巧的玩具——兩隻綠色的小雞，站立在一個長方形的小匣子上，小匣子的一端有個突起的小東西，顯然是手柄，我抓住它，一拉一推，上面的小雞就你一下我一下地低下頭啄一隻同樣綠色的小碗。

我就玩了起來，耳朵也聽到擰鼻子的聲音，媽媽說：「我把媽媽接到我這裏吧。」

大姨回道：「算了，你的孩子多，又有婆婆。」

頓了頓，大姨又說：「都是命，要是哥哥在……」

沒說完，兩個人就重新啜泣起來。我知道我有一個舅舅，不清楚怎麼回事丟了。

我對大姨就這麼一個清晰的印象。不久，外祖母去世，媽媽帶我去奔喪，我只記得媽媽哭天怨地，非常嚇人，從來沒見過媽媽那種樣子，所以當時媽媽以外的人和事都不記得了。

以後就彷彿沒有大姨這個人了，我長大之後知道外祖母去世兩三年之後，大姨因肺結核病逝，緊接著，原本模糊的大姨夫也去世了。

當我能把人和事記憶完整的時候，大表姐每年都要來看望媽媽一次，她那時已經出嫁了，「老姨老姨」叫得親切甚至於纏綿，媽媽卻一點也不高興，總是當著我們的面訓斥她。大表姐低著頭，一聲不吭。因為她說話，媽媽訓斥得就更厲害。我記得很清楚，一次大表姐說表姐夫喝酒打牌，媽媽厲聲說：「你是怎麼當媳婦的？是你不夠賢淑。你要記住，家有賢妻丈夫不攤橫事！」

被訓斥的大表姐轉身撲進我奶奶的懷裏痛哭，其實她們之間沒有更為親近的血緣，可是我奶奶馬上張開手臂抱住她，拍著她的後背也流下淚水，說：「好孩子，寬心些，寬心些。」

後來我表哥長大了，向我媽媽請安的事情就由他來擔當了，他要坐很長一段火車。一次風塵僕僕地來了，有什麼喜事的樣子，他樂呵呵地說：「老姨，你知道今天是什麼日子？」

我媽媽突然一凜，肅著臉說：「怎麼不知道？你姥姥的忌日！」

一句話就把表哥噎在那兒不能動彈。

後來，表哥那裏總有山洪災害，媽媽就讓爸爸把表哥的工作調了過來，卻並沒有安排在我們居住的A市，而是距A市半個小時車程的B市，那是個縣級市，好在也是十分富饒的地方。

但是，媽媽仍然沒有給過表哥好臉色。

前一段時間，表哥來A市辦事，順便看我。那是個秋雨連綿的日子，又濕又冷。因為不是吃飯的時間，我倆就坐在一個蛋糕店的樓上喝滾燙的奶茶。樓下就是蛋糕店的操作間，有一排巨大的烤爐，所以，樓上溫暖如春。表哥早已退掉了小小少年那一臉無憂無慮的蒼白，也就終結了我們兄妹的玩伴時代，現在的他在我面前總釋放一種耐人尋味的力量，當然地成了我牢固的傾訴對象。我們雙手捧著奶茶，心又柔又軟。我笑著說起硬幣的事情，表哥則瞪大了眼睛完全是聽了新故事的表情。後來，我放下奶茶突然問起那些往事，那些莫名其妙的訓斥。

表哥長久地盯著窗外冷雨中匆匆過往的行人，然後回過頭來慢慢地說：「因為我們的外祖母死在我家。」

「那又怎樣？」我問。

「自盡的。」

花肥

奶牛貝妮是牧場的產奶皇后，從小到大人人都寵牠，愛牠，所以，臨時工甲拿一把青草就把貝妮騙走了。貝妮被拉到很遠很遠的地方，賣給一個跛腿人。

跛腿人對甲說：「這東西什麼來路你我心知肚明，給你兩千塊錢就不錯了。」

甲把錢揣兜裏，摸著貝妮寬闊脊背上油亮清晰的黑白花說：「你偷著樂去吧，有人出一萬二，牧場都沒捨得賣牠。」

不知怎麼回事，貝妮卻不再產奶。

跛腿人精心調養了一個月，貝妮還是沒有奶。跛腿人就拿起了鞭子讓貝妮駕車，一天下來貝妮的脊背到處都是黏糊糊的血，上面一層嗜血的牛虻。跛腿人還讓牠拉犁，黃牛和黃牙的農人發出哞哞和嘎嘎的嘲笑，貝妮剛結了痂的疤一道道重新綻開。

跛腿人的女人說：「各有各的道，你以為牠不產奶就變成會幹活的黃牛了嗎？」

貝妮身上黑白分明的花已經亂了，黑的不黑，白的不白，緊繃的肌肉也不知道跑到哪裏去了，一身鬆弛骯髒的毛皮，牠氣息奄奄地臥在地上喘粗氣。

跛腿人暗地裏找了肉牛販子，牛販子給跛腿人四千塊錢，把貝妮拉上一輛客貨車直接奔屠宰場。貝妮被推翻捆綁，屠夫也拿起了刀，就在這時屠宰場一陣亂亂的腳步聲和呵斥聲，幾個穿警服的人出現了，貝妮被鬆了綁。原來公安局端掉了這個黑屠宰場。幾天之後，貝妮的來處也找到了，警察給牧場老闆打電話通知他來取牛。

貝妮終於見到了牧場的車，來接牠的保安牠還認識，牠咩咩的叫出了眼淚，彷彿要訴委屈似的。保安拍了拍牠沒說話，在車廂裏撒了清香的綠草。到牧場的時候，貝妮高興啊，一切都那麼熟悉、那麼美好，牠立刻有了精神，更神奇的是牠癟癟如空口袋似的乳房竟然開始鼓脹了，等牠下了車，牠覺得牠的乳房快要漲爆了，必須快一點到擠奶廳把奶取出來。牠熟門熟路地朝擠奶廳走去，可是飼養員卻截住牠，把牠趕向一個高大的鋼鐵房子。牠順從地走進去，幾個人在牠身上忙乎了一陣，瞬間，牠突然感到劇痛，便什麼也不知道了。

屠宰車間連著一個肥料車間，是一個流水線上的相關生產環節。

牧場臨時工乙剛進牧場沒幾天，很多事都不瞭解。他一邊用機器封閉一個個二百五十克規格的花肥袋子，一邊問老職工：「聽說貝妮是每天產一百斤牛奶的皇后，為什麼要殺掉牠呢？」

老職工說：「這是規矩。被人偷走之後在外面會染上傳染病，弄不好招來一場瘟疫，牧場的奶牛就全完了。」

臨時工乙聽了老職工的話，拿過來一個開口的花肥袋子，往裏面看了看，黑黑的鬆軟的土樣東西，哪有一點貝妮的影子呢？

釀小說32　PG0982

原來幸福也流淚
——大陸微型小說女作家精品選

編　　者　　凌鼎年
責任編輯　　林泰宏
圖文排版　　陳姿廷
封面設計　　秦禎翊

出版策劃　　釀出版
製作發行　　秀威資訊科技股份有限公司
114 台北市內湖區瑞光路76巷65號1樓
電話：+886-2-2796-3638　傳真：+886-2-2796-1377
服務信箱：service@showwe.com.tw
http://www.showwe.com.tw
郵政劃撥　　19563868　戶名：秀威資訊科技股份有限公司
展售門市　　國家書店【松江門市】
104 台北市中山區松江路209號1樓
電話：+886-2-2518-0207　傳真：+886-2-2518-0778
網路訂購　　秀威網路書店：http://www.bodbooks.com.tw
國家網路書店：http://www.govbooks.com.tw
法律顧問　　毛國樑　律師
總 經 銷　　聯合發行股份有限公司
231新北市新店區寶橋路235巷6弄6號4F
電話：+886-2-2917-8022　傳真：+886-2-2915-6275

出版日期　　2013年6月　BOD一版
定　　價　　280元

版權所有・翻印必究（本書如有缺頁、破損或裝訂錯誤，請寄回更換）
Copyright © 2013 by Showwe Information Co., Ltd.
All Rights Reserved

Printed in Taiwan

國家圖書館出版品預行編目

原來幸福也流淚：大陸微型小説女作家精品選 / 凌鼎年編.
-- 一版. -- 臺北市：釀出版, 2013.06
面； 公分. -- (釀小説 ; PG0982)
BOD版
ISBN 978-986-5871-51-2 (平裝)

857.61 102007714

讀者回函卡

感謝您購買本書，為提升服務品質，請填妥以下資料，將讀者回函卡直接寄回或傳真本公司，收到您的寶貴意見後，我們會收藏記錄及檢討，謝謝！

如您需要了解本公司最新出版書目、購書優惠或企劃活動，歡迎您上網查詢或下載相關資料：http:// www.showwe.com.tw

您購買的書名：________________________________

出生日期：________年________月________日

學歷：□高中（含）以下　□大專　□研究所（含）以上

職業：□製造業　□金融業　□資訊業　□軍警　□傳播業　□自由業

□服務業　□公務員　□教職　□學生　□家管　□其它_____

購書地點：□網路書店　□實體書店　□書展　□郵購　□贈閱　□其他

您從何得知本書的消息？

□網路書店　□實體書店　□網路搜尋　□電子報　□書訊　□雜誌

□傳播媒體　□親友推薦　□網站推薦　□部落格　□其他__________

您對本書的評價：（請填代號　1.非常滿意　2.滿意　3.尚可　4.再改進）

封面設計____　版面編排____　內容____　文／譯筆____　價格____

讀完書後您覺得：

□很有收穫　□有收穫　□收穫不多　□沒收穫

對我們的建議：________________________________

____

____

____

請貼
郵票

11466
台北市內湖區瑞光路 76 巷 65 號 1 樓
秀威資訊科技股份有限公司 收
BOD 數位出版事業部

（請沿線對折寄回，謝謝！）

姓　名：＿＿＿＿＿＿＿＿ 年齡：＿＿＿＿ 性別：□女 □男

郵遞區號：□□□□□

地　址：＿＿＿＿＿＿＿＿＿＿＿＿＿＿＿＿

聯絡電話：(日) ＿＿＿＿＿＿＿＿ (夜) ＿＿＿＿＿＿＿＿

E-mail：＿＿＿＿＿＿＿＿＿＿＿＿＿＿＿＿